細見周
Shu Hosomi

もんじゅの夢と罪

旧動燃幹部の妻と
熊取の研究者の「闘い」

人文書院

もんじゅの夢と罪　目次

序章　あの日何が起きたのか　7

第一章　夢の高速増殖炉　17
「増殖」の夢　原研への国内留学　原研と動燃　二人の出会い　臨界集合体と伊方訴訟　高速増殖炉の危険性　再処理に関する日米交渉

第二章　もんじゅ訴訟　43
原子力安全問題ゼミ　東海村への転勤　もんじゅの「公開ヒアリング」　高速増殖炉をめぐる国際情勢　もんじゅ訴訟の提起　チェルノブイリ原発事故の放射能測定　行政訴訟の「原告適格」　福井での単身赴任　「原告適格」のゆくえ　不都合な真実　証人喚問　最高裁判決とあかつき丸寄港　核燃料サイクルと著書出版

第三章　もんじゅナトリウム火災事故　91
大地震ともんじゅ　行政訴訟の証人尋問　運命のナトリウム火災事故　事故の真相　さらなる隠蔽の発覚　深まる闇　破綻への秒読み　三回の会見　成生の死　盛大な葬儀　もんじゅ訴訟の現場検証　不可解な対応　事故の再現実験　爆発事故と「安全性総点検」

残っていたレントゲン写真　「高温ラプチャー」

第四章　生き残りをかけた闘い　157
動燃から「核燃料サイクル開発機構」へ　秘密の報告書　孤独な調査　もんじゅ訴訟の地裁判決　名古屋高裁金沢支部での控訴審　カサブランカの花　設置変更許可申請と結審　高裁勝訴と退官講演　「犯罪被害者給付金」の申請　もうひとつの「もんじゅ訴訟」提起　最高裁の口頭弁論、そして判決　二〇〇六年の証人尋問　福井での全国集会

第五章　もんじゅの終焉　211
もんじゅの運転再開　炉内中継装置の落下　三・一一と福島第一原発事故　「脱原発」ともんじゅ　戻らない遺品　もんじゅで一万件の点検漏れ　闘病の日々　遺品返還訴訟　もんじゅ廃炉の決定　遺品訴訟のその後　終の棲家　終わらない闘い

あとがき　257
参考文献　261
関連年表　265

もんじゅの夢と罪

——旧動燃幹部の妻と熊取の研究者の「闘い」

序章　あの日何が起きたのか

師走になり、しばらく肌寒い日が続いたと思ったら、この日の晩から、さらにぐっと冷え込みが厳しくなった。一九九五年一二月八日、金曜日。今から二五年あまり前の出来事である。

西村トシ子は、勤めている保険会社の同僚たちとの忘年会を終えて、千葉県柏市にある自宅に、午後一二時前に帰り着いた。夫の成生《しげお》も会社の忘年会があって、まだ帰宅していなかった。

「もう眠くなったから、成生さんには悪いけど、先に休ませてもらおう――」

六年前の一九八九年、新興住宅地に建売の一軒家を購入して、一家四人で住み始めた。

トシ子より一歳年下で、四九歳になる成生は、会社の総務部次長として、年収が一〇〇〇万円ほどある。一般のサラリーマンに比べると、かなりの高給取りだ。

勤めている会社は、「動力炉・核燃料開発事業団（略称＝動燃《どうねん》）」という特殊法人で、「夢の原子炉」と呼ばれる高速増殖炉を開発するため設立された。


午前一時――。寝間着に着かえて、テレビの画面を何気なく眺めていたとき、突然、居間の電話が鳴った。

「もしもし……」受話器を上げたトシ子が、少しかしこまった声で応対すると、電話の向こうで男が、「動燃の者ですが、ご主人、お帰りですか」と言った。

「まだ、帰っておりませんが」とトシ子が答えると、「では、またかけ直します」と言って、男は電話を切った。

午前二時前に、成生が帰宅した。忘年会の後、都内から柏までタクシーを使って帰ってきたのだった。

「さっき、会社から電話があったわよ」起きて待っていたトシ子にそう言われ、成生は「何だろう」と、心配そうな顔をした。

しばらくすると、また電話が鳴った。会社からだった。

「何？　だから言ったじゃないか。幹部社員に携帯電話を持たせておけって！」

成生は用件を聞くなり、みるみる表情を曇らせ、相手にそう怒鳴った。

「分かった、今から会社に戻る」

そう成生が言って、電話を切ったのを見て、トシ子が「どうしたの？」と尋ねた。

「もんじゅが、事故を起こした――」

成生は出社する準備を慌ただしく始めた。


福井県の敦賀半島の北端、白木《しらき》海岸――。日本海側特有の寒風が吹きすさび、波しぶきの上がる音がする中、あたりは真っ暗闇である。しかし、対岸のある一角だけが、いくつものライトで煌々と照らし出されている。

目を凝らすと、そこに巨大なドーム状の建屋を中心に工場のようなものがあり、高い煙突が立っているのも分かる。これが、動力炉・核燃料開発事業団が誇る、高速増殖炉「もんじゅ」（出力二八万キロワット）である。

プルトニウムを燃料にして、電気をつくるために考え出された原子炉で、運転すると「消費した以上のプルトニウムを生み出す」とされ、夢の原子炉といわれる。もんじゅは、今年八月に送電を開始したばかりだったが、いま、その内部で異常事態が発生していた。ナトリウム漏れによる火災事故である。

一二月八日午後七時四七分ごろ、「もんじゅ」の中央制御室に、ビーっという警報音がけたたましく鳴り響いた。制御盤には「温度高」のランプが灯っている。同時に、配管室の火災報知機も作動し、しばらくすると「ナトリウム漏洩」を示す警報も鳴った。職員が配管室に急行して、扉を開けると、室内には白い煙が充満していた。

高速増殖炉もんじゅ

「煙、発生！」所内電話で状況が当直長に伝えられる。当直長は、上司であるプラント第一課長と電話で連絡を取り、原子炉の圧力を徐々に下げるよう、運転員に指示した。

しかし、八時半ごろから、また多数の火災報知器が作動した。配管室では白い煙が明らかに増加していた。原子炉の緊急停止が必要と判断した当直長は、プラント第一課長の了承を得て、九時二〇分に手動の緊急停止を運転員に指示した。

漏れたナトリウムは、炉心部を冷やす一次冷却系のナトリウムではなく、二次冷却系の配管を流れるナトリウムだった。そのため、ほとんど放射性物質は含まれていなかったが、ナトリウムには空気中の酸素と爆発的に反応して燃え、水とも激しく反応する特性がある。従来、このナトリウムの扱いが高速増殖炉の最大のネックとされてきた。今回の事故は、「もんじゅ」の安全性の根幹に関わるものだった。

事故の第一報は、地元の福井県には八日午後八時三五分、同じく敦賀市には八時四七分に入った。それとほぼ同じ頃、大阪府熊取町に住む、ある原子力研究者の自宅に、電話がかかってきた。

「はい、もしもし小林です」

最初に電話に出た妻から、受話器を手渡され、電話口でしゃべり始めたのは、京都大学原子炉実験所（現 京都大学複合原子力科学研究所）助手の小林圭二だった。この時、五六歳。実験所内で「反原発」の立場を取る研究者グループ「熊取六人組」の一人としても知られている。いわゆる「原子力ムラ」の中では異端中の異端であり、肩書はずっと助手のままである。主に高速増殖炉の安全性と、その裏返しである危険性について研究してきた。

「え、もんじゅの配管系からナトリウムが漏れた……」

小柄な体つきで丸顔に眼鏡をかけ、いつも微笑むように話す小林の表情が固まった。電話をかけてきた相手は、事故発生を知ったＮＨＫの記者らしい。

「原因は、どんなことが考えられるか、ですか……」

小林の脳裏に、これまで高速増殖炉の研究に費やしてきた年月が、よみがえった。


天然ウランの中の大部分を占める燃えないウラン（ウラン２３８）は、運転中の原子炉の中でプルトニウムとなる。そのプルトニウムを高速増殖炉で燃やして、消費した以上のプルトニウムを「増殖」し、それを発電に使えば、計算上向こう何百年も電力には不自由しない……。こうした考え方は、第二次世界大戦中からあり、戦後欧米や日本で高速増殖炉の開発が進められてきた。

その後、後発の「軽水炉」による発電が、使い勝手の良さもあって主流となったが、小林は「やはり、これからは高速増殖炉だ」と考え、炉心設計などを専門に研究していた。

しかし、研究すればするほど、高速増殖炉の安全性について、疑問が湧き起こってくるようになった。燃料となるプルトニウムの毒性や、冷却材であるナトリウムの扱いの難しさ。さらには、暴走しやすい原子炉の構造、一次冷却系の配管に厚みがないなど、問題は多岐にわたった。

「エネルギー増殖の夢を見た俺だが、こんな危険なものを本当に作ってもいいのか」そう思い始めた頃に、もんじゅの運転に反対する住民らが原告となり、運転差し止めを求める訴訟を起こした。被告は、国と動燃である。そして、弁護団からもんじゅの危険性について意見を求められ、説明を尽くすうちに、裁判で住民側の証人となって、証言するようになった。

「ナトリウムはコンクリートとかなり激しい反応をいたしまして、水素ガスを発生したり、あるいはコンクリートを破損させたり、損傷させたり、そういうものに被害を与えるということになります」

小林は自分が法廷で証言したとおりのことが事故現場で起きたことで、この後、エネルギー増殖への夢を完全に断ち切ることになった。そして、その落とし前をつける意味でも、もんじゅの運転停止を裁判で訴え続けた。

二五年あまり前に起きたこのもんじゅ事故は、結果的に日本のエネルギー政策を大きく変えた。もんじゅは、その後もトラブル続きで、運転実績がほぼないまま、二〇一六年に廃炉が決定した。いわゆる「核燃料サイクル」、つまり高速増殖炉によってプルトニウム燃料を増産させようとした国の政策は、事実上破綻したのである。

二〇二〇年七月に青森にある再処理工場が安全審査に合格し、二〇二一年度以降に稼働する見通しとなったため、国は「核燃料サイクル」は進んでいるかのように世論を誘導している。しかし、これは使用済み核燃料を再処理してプルトニウムを取り出し、通常の原発で燃やす「プルサーマル発電」をするという、まったく違う「核燃料サイクル」であって、ある種のまやかしと言っていい。

そして、組織が大きく動揺するとき、この国では、かけがえのない人の命が失われる。近年も、森友学園問題で決裁文書の改ざんに関与させられ〝自死〟した財務省職員、赤木俊夫さんの事件が大きな注目を浴びたが、このときにも同じようなことが起きた。

動燃・総務部次長の西村成生は、もんじゅ事故の翌日からマスコミの取材や記者会見の対応に追われ、いわゆる「ビデオ隠し問題」で渦中の人となった。妻のトシ子はそんな夫の体調を気遣い、支えたが、事故からひと月あまり後に、成生は謎の〝自死〟を遂げたのである。そのことにより、もんじゅ事故報道の局面は大きく変わった。

あれから二五年。エネルギー増殖という「夢」を見て、総事業費一兆一〇〇〇億円をかけた国家プロジェクトの行方は……。もんじゅの廃炉には、さらなる三〇年近い年月と、三〇〇〇億円以上の費用がかかる。支出は、もちろん国民の税金からだ。その「罪」は誰が背負うのか？

本書では、もんじゅを止めようと死力を尽くす原子力研究者と、動燃職員であった夫の死の真相を探ろうと今も裁判で闘う妻の目を通して、もんじゅの「夢」と「罪」を、克明に描き出していく。

第一章　夢の高速増殖炉

「増殖」の夢

ブルーコメッツの「ブルーシャトー」が巷に流れ、ミニスカートの女王・ツイッギー来日が世間を賑わす。――ときは一九六七（昭和四二）年、いわゆる「高度経済成長時代」のさなかである。

世界の情勢を見ると、アメリカが介入したベトナム戦争が泥沼化し、反戦運動が大きな盛り上がりを見せていた。日本の佐藤栄作首相がベトナムを含む東南アジア各国を訪問するのを阻止しようと、学生が羽田で機動隊と衝突する事件も起きた。

一〇月二日、東京・赤坂にある三会堂ビルディングでは、この日発足した「動燃（動力炉・核燃料開発事業団）」の初の理事会が行われていた。動燃は「夢の原子炉」といわれる、高速増殖炉を開発するために作られた組織だ。

一般的な原発である軽水炉は、ウランを燃料とする。しかし、鉱石中に含まれる天然ウランは、たったの〇・二パーセント程度に過ぎず、なおかつ、その中で「燃えるウラン（核分裂性ウラン）」であるウラン235は、〇・七パーセントに過ぎない。つまり当時は、埋蔵量の面から、「燃えるウラン」を燃料とする軽水炉がエネルギー供給の主役になることはあり得ない、と考えられていた。

一方、高速増殖炉は、天然ウランの大部分（九九・三パーセント）を占める「燃えないウラン（非核分裂性ウラン）」であるウラン238を、核分裂性のプルトニウムに変え、これを燃料に運転しようというものだ。しかも、運転しながら消費した以上のプルトニウムを生産することができるため、「増殖炉」の名が付けられた。

では「高速」とは、どういう意味か。それは、燃料のプルトニウムに中性子を高速のままぶつけると、増殖の効率が良いので、そう呼ばれるようになった。

「燃えないウラン」を、高速増殖炉を活用することによってプルトニウムに変え、新しい資源として蘇らせる。そして、それを発電に使うことで、むこう何百年も電力には不自由しない……。高速増殖炉の開発は第二次世界大戦中から、欧米をはじめ世界で進められていた。そして、世界初の原子力発電は一九五一年、軽水炉ではなく、高速増殖炉（米国アイダホ州の国立原子炉試験場にあったEBR－1）で行われたのである。

「軽水炉のみで原子力発電を行うと、必要な濃縮ウランを米国に依存し続けなければならない……」

資源小国の日本にとって、高速増殖炉はエネルギー資源の確保という大いなる「夢」を抱かせる存在となり、政府はその開発に向け旗を振ってきた。

そして一九六七年一〇月、動燃は、高速増殖炉とその補完的な役目の新型転換炉（高速増殖炉のようにプルトニウム生産量が消費量を越えないので「転換」という）を並行して開発する特殊法人として新設された。開発期間一〇年、予算総額二〇〇〇億円という、わが国の技術史上かつてない巨大な自主開発プロジェクトが、こうしてスタートしたのである。

二年後の一九六九（昭和四四）年四月――。動燃が初めて定期採用した社員三二人が、晴れがましいスーツ姿で入社式に臨んだ。その一人に、ひと際真面目そうな顔つきをした男がいた。当時二二歳の西村成生《しげお》だ。

一九四六（昭和二一）年一一月に、八人きょうだいの七番目として生まれ、東京都内で育った。いわゆる「団塊の世代」である。中央大学法学部政治学科に進むと、周囲には法曹界をめざす者が多かった。しかし成生は、できたばかりの動燃への入社をめざした。「国の特殊法人であり、待遇も保証されている。日本のエネルギー政策の根幹に関わる、大きな仕事ができるかもしれない……」そう考えて試験に臨み、栄えある「動燃一期生」として採用された。

入社後、三か月ほどの研修期間の後、成生が配属されたのは総務部人事課だった。任された仕事は、職員の人事異動や査定、社員の採用や教育訓練など。この頃、動燃の社内では、高速増殖炉の建設を控え、作業を請け負う原子力メーカー（日立製作所、東芝、三菱重工、富士電機）との間で、さまざまな契約が結ばれていた。分厚い書類が各部署の間を行き来し、社内は活気に溢れていた。

同じ頃、大阪府熊取町にある、京都大学原子炉実験所（現・京都大学複合原子力科学研究所）――。

小林圭二は、京都大学工学部原子核工学科を卒業後、この実験所に入所して五年目の三〇歳。若手の研究者として、所内にある研究用原子炉で実験に励んでいた。「自分は研究者として、いったい何を究めるのか……」原子炉の中で起こる、さまざまな核分裂反応の特性を探る。それが小林の研究テーマだった。模索の日々は続いた。

実験所の原子炉は、一般に使われている軽水炉と同じ構造だ。燃料に中性子をぶつける際に、その速度をできる限り遅くするため、冷却材に水や黒鉛を用いる。一方、動燃が開発中の高速増殖炉は、燃料に中性子をぶつける際に、その速度を早くするため、ナトリウムを冷却材として用いる。同じ原子力の核分裂反応でも、まったく別の世界である。

日本の原子力政策の中でも、軽水炉と高速増殖炉は、対照的な位置にあった。

軽水炉は電力会社などの民間企業が、欧米で作られた既製品を輸入していた。一方、高速増殖炉は日本独自で開発することが、国策として位置付けられていた。原子炉開発の面白み、という点では、明らかに高速増殖炉がまさっていた。

「原子炉の魅力とは何か。それは資源の問題に尽きるだろう。プルトニウムを使えば、今後何百年、何千年も、資源の確保に苦労せずにすむ……」

小林の中で、速い中性子を使った増殖への憧れは募っていった。

「原研《げんけん》に行けば、速い中性子を使った研究が思う存分できるかもしれない……」

原研への国内留学

白い砂浜から東へとはるかに拡がる太平洋は、なだらかにうねり、陽光が波にキラキラと反射している。茨城県東海村にある「日本原子力研究所」、略して「原研」。国道二四五号線に沿った事務所を中心にして、海に面した砂丘地帯に、原子力に関わる様々な研究開発のための建物が並んでいた。

そのうちのひとつに、「ＦＣＡ」（Fast Critical Assembly の略）と呼ばれる実験装置のある棟がある。ＦＣＡは、高速増殖炉の炉心の核特性を実験するために作られた。炉心を設計する際に必要なさまざまな計算手法は、ここでの各種測定によって裏付けを得ていた。

一九六九年の九月、小林は「一年」の期間限定で研究をするため、東海村にある日本原子力研究所に国内留学した。

「一年間、東海村に行きたい。実験装置の建設を含めた技術を、ぼくは勉強しに行きたいんです」

大阪・熊取町の京大原子炉実験所で、ある日小林が上司にこう言うと、「おお、行ってこい、行ってこい」とすんなり認められた。

小林は、「遅い中性子」を使う軽水炉の実験に、限界を感じていた。職場のほうも、新たな実験装置を作る計画を立てていた時期で、ＦＣＡに人を派遣してノウハウを学べるのなら「渡りに船」だった。

小林が家に帰って、妻の翠《みどり》に転勤することを伝えると、「ちょうどよかった。ぼちぼち新しいところに行きたかったのよ」と、一歳になる長男も連れて、家族での転勤となった。国鉄常磐線の「東海」駅近くに、原研で働く人々が住む団地が建てられている。その中の「長堀住宅」という三階建ての集合住宅の一室に、小林家は居を構えた。

駅から原研に向かう通称「原研通り」沿いには、原研関連の諸施設（レストラン・展示館・体育館・診療所）が立ち並んでいる。当時、東海村には「原研」の他にも、高速増殖炉の開発をすすめる「動燃」と、日本初の商業原発である東海原発を持つ「日本原子力発電」の事業所があり、そのいずれもが商業・サービスと居住がセットになった「城下町」を形成していた。昔ながらの農村に、三つの城下町が混じり合ったものが、原子力産業の集積地としての「東海村」という自治体なのであった。

小林圭二と妻・翠

小林の、原研での日々が始まった。午前中は講義を受け、午後からＦＣＡに場所を移して、原研の研究者と一緒に実験をする。「速い中性子」を使った高速増殖炉が、どのような条件で最も効率的に「増殖」を起こすか——。小林はＦＣＡでの実験で、それを解き明かそうとした。

高速増殖炉の燃料は、六角形の棒状になっている。中心には、最初の分裂を起動させるための若干の燃えるウラン（核分裂性ウラン＝ウラン２３５）と、メインの燃料である燃えるプルトニウム（核分裂性プルトニウム＝プルトニウム２３９）が配置されている。そして、そのまわりを燃えないウラン（非核分裂性ウラン＝ウラン２３８）がぐるりと取り囲んでいる。

核分裂が始まると、中心の燃えるプルトニウムから中性子が飛び出し、外側を囲んだ燃えないウランに当たる。すると不思議なことに、燃えないウランは燃えるプルトニウムへと変わっていく。「核分裂性核種の消滅数」に対する「核分裂性核種の生成数」の割合を、「増殖比」というが、高速増殖炉ではこれが「一・〇」以上になる。このような現象は、地球上にはこれ以外ほとんど存在せず、日本の高速増殖炉は「増殖比およそ一・二」を目標としていた。

こうして燃えないウランを有効活用して、運転で消費される量以上の燃えるプルトニウムを生産し、それを新たな燃料として使っていこうというのが、「増殖」の仕組みだ。まさに「夢」であり、「現代の錬金術」といわれる所以《ゆえん》である。

実験で、とくに小林の好奇心を駆り立てたのは、次のようなことだった。高速増殖炉の炉心は、燃料と冷却材が格子状に「まばら」に配置されている。どうしてかというと、燃料であるプルトニウムは一か所に集まると、核分裂反応が盛んになる特性がある（これを最大限に利用したのが、原爆である）。しかし、核分裂反応が盛んになり過ぎると増殖の効率が落ちる特性もあるため、増殖を優先するため「まばら」に配置しているのだった。

軽水炉も、燃料と冷却材は格子状に「まばら」に配置されていたが、その理由は高速増殖炉の場合とはまるで違った。軽水炉では燃料どうしが一か所に集まると、むしろ核分裂反応が衰える。そのため、一定の核分裂反応をさせるのに、最も少ない燃料で済むように配置をしている。つまり、経済的な理由からだ。

「軽水炉をやる研究者も、高速増殖炉をやる研究者も、外から見れば同じ原子力屋だろうが、学問分野としてはまったく違う……」

小林はそう実感し、さらに実験に没頭した。そして「速い中性子」が燃えないウランに当たって「増殖」へとつながる確率を調べ上げた。

原研と動燃

さて、当時「動燃」と「原研」は互いに、どのような関わり合い方をしていたのだろうか。

簡単にいえば、動燃は高速増殖炉の自主開発という大プロジェクトを国から任され、その仕事の一部を下請けに出す「発注者」であり、原研はその仕事を引き受ける「請負人」であった。原研には大学の研究室の拡大版のように、自由に研究に臨む気風があった。そして機器のトラブルなどが起こった際に、当事者として事に当たった。そこに動燃が予算を携え、さまざまな仕事を発注しにやって来た。原子炉技術者を「ブローカー」的に駆り集める手法を取るため、原研側は動燃のことを嫌っていた。

六七年の動燃設立にあたって、原研から動燃に移った研究者もいた。しかし「自分は自由に研究に取り組みたい」と、原研に残ることを選ぶ者も多かった。動燃は、原子力業界では後発組織であるが、より科学技術庁などに近い存在だ。原研に発注した仕事に関して、日本の官僚特有の振る舞いや作法を、押し付けるきらいがあった。

「一言でいえば官僚体質。まるで、札びらで頬をひっぱたくような態度を取る。とくに、動燃プロパーの職員が、そういう意識を強く持っている……」

原研に留学中の小林は、時折見かける動燃職員たちを、そう見た。

動燃から仕事を請け負うのは、原研よりもむしろ三菱・東芝・日立などのメーカーが主力だった。国家プロジェクト遂行のため、メーカーに莫大な金を提示して仕事をさせる。こうした日常が、動燃職員にエリート意識を植え付けた。また、官僚体質の常として、立てた計画は絶対に曲げない、という性格も併せ持っていた。

一九七〇（昭和四五）年四月、動燃は、建設・開発が進められている高速増殖炉と新型転換炉に、「もんじゅ」「ふげん」と命名した。仏教の「文殊菩薩」と「普賢菩薩」から取ったものだ。

仏教の世界でよく用いられる「釈迦三尊象《しゃかさんぞんぞう》」は、釈迦如来を真ん中に、その左に「文殊菩薩」が、右に「普賢菩薩」が配置されている。文殊菩薩は「智慧」の象徴といわれ、獅子に乗っている。また、普賢菩薩は「慈悲」の象徴といわれ、象に乗っている。これは、巨獣の強大な力が、智慧と慈悲で完全に制御されている姿を表している。

原子力の巨大なパワーも人間によって制御され、人類の平和と幸福に役立つのでなければならない。それが、われわれ動燃の使命なのだ――。そこには、高速増殖炉開発という国策を遂行する「選ばれた集団」としての、強い自負心がうかがえる。

若狭湾に突き出した敦賀半島――。この一帯は、強固な花崗岩で形成されている上、人口密度が低かった。この年の一二月、動燃は福井県敦賀市明神町で、ふげん建設のための工事に取り掛かった。

一方、もんじゅ建設候補地として白羽の矢が立ったのは、ふげんから南西に九キロほど離れた敦賀市白木地区だった。戸数一五、人口八五人の小さな集落で、峠の難所を越えなければたどり着けない「陸の孤島」のような場所だった。「原発ができれば道路もできて、生活の不便さが改善される。子どもたちの就職も心配なくなる」このように喧伝され、主に漁業で生計を立てていた地区住民は、どんどん懐柔されていった。

二人の出会い

一九七一（昭和四六）年四月、東京・赤坂の動燃本社――。入居しているビルは、白い外壁の九階建てで五角形をしていて、通りに面して窓が格子状に配列されたモダンな外観である。

この年の新入社員の中に、本田トシ子がいた。熊本出身で、短大を卒業して岐阜県にある紳士服地を扱う小さな会社に入り、四年間働いた。小柄で、引っ込み思案の性格だったが、兄の知り合いが動燃にいた関係で紹介を受け、前の会社を辞めて入社することになった。

新人研修でトシ子たちの教育係としてやってきたのが、ひとつ年下で総務部の西村成生だった。ある日の午後、成生が担当する座学が始まった。

「会議の内容は、たいへん大事なものですから、必ずメモを取って議事録を作ります」

そう話す成生の顔を見ながら、トシ子は思った。

「真面目に話しているなあ。だけど、ぜんぜん休憩を取らないつもりかしら」

結局、一時から五時までぶっとおしで、成生の話は続いた。トシ子は座学の終了後に成生のもとに行って、少し不服そうな顔でこう言った。

「西村さん、熱心なのは分かりますが、今度からは休憩を入れるようにして下さい」

トシ子は総務部厚生課に配属になり、成生と同じ本社四階で仕事をすることになった。動燃で実際に仕事を始めてみると、以前勤めていた会社との社風の違いに驚いた。書類のコピーは、自分でする必要がなかった。富士ゼロックスの社員が常時詰めていて、持って行って枚数を言えば、やってくれた。

女性社員たちは綺麗にめかし込んでいたが、仕事はもっぱら男性社員のためにお茶を汲むことだった。

「何で私が、コピーを頼みに行ったり、お茶汲みしなくちゃいけないの」トシ子は違和感を覚えつつも、よく働いた。

そんなトシ子に、成生は他の女性社員にない清々しさを感じた。また、成生の父は熊本出身で、地元で教員として勤めた後に上京した経歴の持ち主だったこともあり、熊本出身のトシ子に親近感を覚えた。トシ子のほうも、成生にいつしか好意を抱くようになった。翌七二年の四月、二人は結婚。トシ子はこれを機に、動燃を退社した。

西村成生、トシ子夫妻（1972 年）

東京の厚生年金会館で式を挙げ、神奈川・相模原市の「東林間」駅近くにあった社宅が新居となった。成生には社交家の一面があり、この社宅に同僚たちを呼んで、ワイワイ騒ぐのが好きだった。土曜日の夜から翌朝まで、徹夜麻雀に興じるのが恒例になっていた。
翌一九七三（昭和四八）年、二人の間に長男が誕生した。この時期、動燃は「もんじゅ」

の設計に全力で取り組んでいたが、一〇月、第四次中東戦争を契機にしたＯＰＥＣ（石油輸出国機構）による原油供給制限の影響で、「石油ショック」が起きた。ガソリンなど石油燃料はもとより、プラスチックや合成繊維など石油製品の価格が、一気に高騰した。

成生は思った。

「石油の輸入がストップするだけで、社会がこれほど動揺する。エネルギーの安全保障を考えるとき、石油を代替するのは原子力をおいてほかにない。とくに「高速増殖炉」は、運転すれば使った燃料以上の燃料を生み出す。このうえない救世主ではないか……」

これからは高速増殖炉の時代、もんじゅの時代だ！　その思いはいよいよ強くなっていった。

臨界集合体と伊方訴訟

「現在二六時三六分、Ｂ架台、初臨界を達成しました！」

一九七四（昭和四九）年一一月、大阪・熊取町の京大原子炉実験所では、白い一二角形の建屋の「臨界集合体」と呼ばれる実験装置の建設が終わり、その中にＡからＣまである三つの架台（燃料が配置された原子炉のこと）が、次々と初臨界を迎えた。ちなみに「臨界」

とは、原子炉内で中性子が燃料にぶつかって、連鎖的に核分裂反応が起きるのが持続する状況をいう。

「小林さん、やりましたね。ご苦労様でした」

この「臨界集合体」の設計・建設の中心メンバーだったのが、原研から実験所に戻った助手・小林圭二だった。臨界を見届けた小林は、原研から戻った後の四年の歳月を、思い起こしていた。

「増殖への憧れから原研に行ったのは、ひとえに、原子炉物理学の研究者として自立したい、東海村のＦＣＡのような実験装置を熊取にも作って自分の実験に使いたい、という思いからだった……」

しかし、「速い中性子」を使って、燃えないウランからプルトニウムを作る高速増殖炉の研究は、すでに原研が手がけている。京大原子炉実験所では、その後追いではないものをやりたい。そこで小林が考えたのが、「速い中性子」でも「遅い中性子」でもない、「中速中性子」を使った増殖だった。

これには、トリウム２３２という物質が使われる。「中速中性子」がトリウム２３２にぶつかって吸収されると、トリウム２３３になり、やがてウラン２３３になって溜まっていく。それを、また新たに核燃料として使っていく、という仕組みなのである。

「原研がウラン・プルトニウム増殖体系なら、うちはトリウム・ウラン増殖体系だ」

原研で一年間学んで得た知識をフル活用し、小林は「臨界集合体」の設計・建設にあたった。また、設置許可の手続きのため、原子力行政を所管する科技庁の役人とも、頻繁にやりとりを行った。

ちょうどこの頃、日本ではじめての原発訴訟が提起されていた。愛媛県伊方町に建設される「伊方原発」をめぐり、地元住民らが国と四国電力を相手に、設置許可の取り消しを求める裁判を松山地裁に起こしたのだ。いわゆる「伊方原発訴訟」である。

前年八月に提訴した原告住民と弁護団は、この裁判をとおして「都会に建てられないものを、なぜ過疎地に持ってくるのか?」「原発は本当に安全なのか?」ということを、広く世の中に問おうとしていた。

それには、専門家による法廷での証言が不可欠となる。そこで、原告住民側から京大原子炉実験所の研究者たちに、裁判の証人になってくれるよう依頼が来た。

七〇年安保闘争が、その余熱を残していた時期だった。学生運動と一体となって社会全体を巻き込んだ大きなうねりは、京大にも押し寄せた。原子力を専攻する学生たちが「原発をどう考えるのか」について問題提起し、国や企業の代弁者として振る舞う教授たちを〝専門バカ〟という言葉を使って告発した。六〇年安保では、京大でバリケードを築くなど「闘士」として慣らした小林は、それに大きく刺激された。原子炉の設計や建設の仕事に没頭する中、自分も〝専門バカ〟になっているのではないか、と思えてならなかった。

ちょうどそんなときに、「伊方原発訴訟」への協力依頼があったのである。当時、小林は実験所の中で「現代思想研究会」というサークルを作っていた。そこにいたのが、海老澤徹（小林と同じ六四年入所）、瀬尾健（六六年入所）、川野眞治（六九年入所）の三人だった。アカデミズムはもっと社会と関わるべき、という問題意識から、小林ら四人は仲間どうしでよく討議した。水俣病やイタイイタイ病などの公害が社会問題になっていた頃でもあり、原発もまた、公害のひとつのかたちとして見ることができた。

「アカデミズムが社会と関わる、絶好の機会じゃないか」

小林らは、後に「反原発学者」として知られることになる大阪大学理学部の久米三四郎らとともに、原告住民らを支援する活動を始めた。

ただ、小林は実際に裁判の証人として、法廷に立つことは避けた。裁判の被告となった国側の担当者が、臨界集合体の設置許可の際に対応の窓口になった、科技庁の原子炉規制

熊取六人組と伊方訴訟弁護団（前列左端が海老澤、後列左から１人おいて今中・小出、２人おいて小林・川野、2000 年１月）

課のメンバーたちだったからだ。表舞台には出ずに、訴訟準備のための勉強会に毎回参加して意見を述べ、裁判の期日には松山地裁に行き、傍聴券取得のための抽選の列に並んだ。

ちなみに、その後小林ら四人に、小出裕章（七四年入所）と今中哲二（七六年入所）の「全共闘世代」二人が加わり、実験所内にあって反原発を貫くグループ「熊取六人組」と呼ばれるようになった。

高速増殖炉の危険性

日本初の原発訴訟である「伊方原発訴訟」の訴状で、原告住民側の弁護団は「原発の危険性」として、次のような項目を上げた。

・きわめて毒性の強い「死の灰」や、プルトニウムなどの放射性物質を大量に生み出す
・人の許容放射線量にしきい値はなく、事故による放射線被ばくで影響が出る

・炉心溶融の際に、非常用炉心冷却装置は作動せず、役に立たない
・蒸気発生器の細管の破断は、一度に数十本で起こり、放射能が環境に漏れ出す
・中央構造線（活断層）が直近にあり、大事故を引き起こす

「原発をめぐる問題点が網羅されている」と、推進側からも評価されたというこの訴状の内容を見て、小林は思った。「伊方原発が危険であるなら、もんじゅはどうなんだ？」

伊方原発は軽水炉で、「遅い中性子」を使った原子炉である。小林が増殖の夢を抱く高速増殖炉もんじゅは「速い中性子」を使った原子炉だ。一般人にはとっては、「どちらも同じ原子炉」だが、原子炉設計の現場の人間からすれば全くの別物だ。小林は頭の中で、ぼんやりと考えをめぐらせた。「もし、もんじゅの建設反対訴訟が起きたら、挙げられる危険性としては、こうなるだろうな……」

①燃料棒の燃料が互いに近づいたり集まったりすると、暴走しやすい
②ナトリウムが冷却材に使われている
③配管に厚みがなく、地震に弱い

④ 燃料は猛毒のプルトニウムで、核兵器の材料である

これらは、東海村の原研に一年間国内留学して数々の実験をするうち見えてきた、「高速増殖炉」の危険性だった。

まず、「① 暴走しやすい」という点だが、高速増殖炉の燃料棒は軽水炉よりずっと高温で燃焼させるので、曲がることは常識になっている。その曲がる方向が、内側に互いに近づくようになると、隙間を埋めていた冷却材のナトリウムが押しのけられて少なくなる。そうなると「速い中性子」がナトリウムで減速させられずに、より速いスピードで直接燃料に当たる。すると、中性子が前よりたくさん生まれるようになって、核分裂が以前より多く発生する。中性子の数がどんどん増えるのをコントロールできないと、やがては暴走へと至る。

次に、「② ナトリウムが冷却材に使われている」については、ナトリウムは水との相性が悪い点がポイントだ。ナトリウムは水に触れると、爆発的な反応を起こして、その衝撃によって機器や配管を損傷させる。ただ、ナトリウムは中性子をあまり減速させない性質を持つ。また、融点が九八度と液体にしやすく、それほど高価でもない。このような利点

から、水との相性の悪さには目をつぶらざるを得ないというのが、高速増殖炉のジレンマなのである。

「③配管に厚みがなく、地震に弱い」という点は、冷却材にナトリウムを使っていることと関係がある。ナトリウムには「熱しやすく冷めやすい」という特徴があり、原子炉で発生した熱を効率よく取り出して運ぶ。その分、緊急停止などのように温度変化が激しいときに、ナトリウムが配管に伝える温度変化も激しくなる。このとき、配管に厚みがあればあるほど、縮もうとする内側と伸びたままの外側が引っ張り合って、ストレスがかかることになる。これが配管の破断につながる原因となるため、もんじゅではわざと配管を薄くペランペランにしているのだ。しかし、こうした薄い配管が、地震などの「外からの力」に弱いのは明らかだ。

最後に、「④燃料は猛毒のプルトニウムで、核兵器の材料である」という点だが、プルトニウム239は半減期が二万四〇〇〇年と桁違いに長く、アルファー線を出す核種だ。これが猛毒といわれる所以で、吸入すると肺に長く留まり、最終的に骨の表面か肝臓にたまる。食物や水と一緒に消化器系から体内に入っても、やはり骨表面か肝臓にたまる。そこで一生被ばくが続き、肺、骨および肝臓のガンの原因になるのである。

また、プルトニウムは一発で何十万もの人を殺傷する核兵器の材料ともなる。長崎に落とされた原爆はプルトニウムから製造されたものだった（広島の原爆はウランから製造）。原子力発電はもともと、核兵器製造の「副業」としてスタートしたものだ。プルトニウムの核分裂連鎖反応を、最大限に利用したものが原爆であり、高速増殖炉もその軍事技術を基礎にして作られた。

「唯一の被爆国である日本が、プルトニウムを持つことの是非は？……」

小林はそう自問自答しながらも、いろいろな危険はあるにせよ、積み重ねたデータをもとに上手くコントロールしさえすれば、高速増殖炉はきっとモノになるはずと、信じて疑わなかった。

再処理に関する日米交渉

一九七六（昭和五一）年、ロッキード事件で田中角栄前首相が逮捕されるなど、日本は政治とカネにまつわる問題で揺れていた。

「わー、行くぞー！」「キャー、こっちだー！」

東林間の動燃社宅では、敷地内にある公園で走り回って遊ぶ子供たちの甲高い声が響く。

動燃総務部の西村成生・トシ子夫婦の間には、前年に次男が誕生していた。

この社宅に住む家族は、子供が二人以上になると、近くにある少し広めの社宅に移るか、家を建てるかして、転居していくことが多かった。また、春になると転勤のために引っ越しをしていく家族も、相当数いた。夫の成生も、いずれ転勤になるに違いなかった。

「あなた、今年の異動はなさそうなの？　もうしばらくは、ここで暮らしたいわ。せめて長男が小学校に上がる年齢になるぐらいまでは……」

残業を終えて帰宅した成生のために、遅い夕飯を作りながら、トシ子はそう言った。

「希望は伝えてあるから、会社がちゃんと考えてくれているよ」

成生は、もし近い将来に転勤があるとしたら、行先は東海村にある「東海事業所」に違いないと踏んでいた。動燃一期生の成生は、いわば「幹部候補生」である。今所属している本社総務部でしばらく働いた後は、本社以外のどこかの事業所に赴任して管理職となり、経験を積むことを期待されていた。中でも最も大きい事業所が、高速増殖炉で使用するプルトニウム燃料の開発・製造にあたる東海事業所だった。

この東海事業所の一角には、国内の原発から出た使用済み燃料を「再処理」するための施設「東海再処理工場」が建設されていた。後に青森県の六ヶ所村に建設される「再処理工場」のパイロット施設である。天然にあるウランを採掘して原発の燃料にした後、使用済み燃料として廃棄してしまうのではなく、そこから使用可能なプルトニウムを取り出す化学処理が「再処理」である。そして、取り出したプルトニウムを高速増殖炉の燃料として使えるようにする。

これが、いわゆる「核燃料サイクル」である。このプルトニウムを元に、それ以上の量のプルトニウムを自身で生産しようという高速増殖炉は「核燃料サイクル」の要であり、再処理工場もまたもう一つの要なのである。

ところが、この東海再処理工場の運転開始に「待った」をかける動きが出てきた。三年前（一九七三年）に行われたインドの核実験以降、米国は、外国による使用済み核燃料の再処理後のプルトニウム取り出しを、高次の政治問題としてとらえるようになった。

この年一一月に行われた米大統領選挙では、民主党のジミー・カーターが勝利した。彼の掲げた看板政策は、核不拡散の観点から「再処理の無期延期」および「プルトニウム利用の禁止」だった。

翌一九七七（昭和五二）年に発足したカーター政権は、これまでとって来た「世界全体で高速増殖炉開発を推奨する」という方針からの転換を図った。当然、日本にも再処理工場の運転開始を断念させようと働きかけた。米国・ソ連・イギリス・フランス・中国という五つの核兵器保有国以外に、非核兵器保有国の日本が唯一、再処理でプルトニウム取り出しを続けることは、他の国々が同様の取り組みをするのを正当化してしまうからだ。

当時、日本の原子力発電に使われるウラン燃料は米国からの輸入であり、日米原子力協定により、その再処理は米国の了解を必要としていた。

「「宇野科学技術庁長官、事態打開に陣頭指揮」か……」会社に出勤する朝、成生は食パンをかじりながら、新聞記事の見出しを口に出してつぶやいた。

「米国が再処理に横やりを入れてきてるんだよ。でも資源小国の日本にとっては、どうしてもこれは必要なんだよ。高速増殖炉は、将来原子力発電の主流にならなきゃいけないんだから」

三〇歳を越え、動燃の中堅社員となった成生は、新聞記事を睨んだまま、使命感をたぎらせてそう言った。

「いってらっしゃい、気をつけて」

成生を送り出したトシ子は、自前のエネルギー資源の確保という国策に、そのひとつの歯車として、夫ががっちり組み込まれているのを思い知った。

第二章　もんじゅ訴訟

原子力安全問題ゼミ

一九八〇（昭和五五）年六月四日の午後――。大阪湾のほうから吹いてくる爽やかな風に、新緑を湛えた木々が心地よさそうに揺れている。大阪府熊取町にある京大原子炉実験所の会議室では、「原子力安全問題ゼミ」と称する勉強会が開かれていた。

「原発の原子炉は一九六〇年代後半から急速に大型化され、それに伴う崩壊熱の巨大化により、もし炉心溶融が生じれば格納容器の健全性が保てなくなっています」

手書きのレジメをオーバーヘッドプロジェクターでスクリーンに映し、話をしているのは入所七年目の助手、小出裕章だ。十数人いる聞き手の中には、同じく助手の小林圭二、海老澤徹、瀬尾健、川野眞治、今中哲二もいる。この略称「安全問題ゼミ」は、彼ら六人のグループ内での会議を発展させるかたちで始まった公開講座で、これが第一回だった。

彼らは、七三（昭和四八）年に提起された「伊方原発訴訟」で、原発建設に反対する原告住民側を専門家の立場から支援し、原発の危険性を鋭く指摘していた。原発推進に向け、産・官・学が強固なピラミッドを形作る「原子力ムラ」の中にあって、それに抗うスタンスを取ることは極めて異例であって、周囲は中国の「四人組」になぞらえて「熊取六人組」と呼んでいた。

京大原子炉実験所（現 京大複合原子力科学研究所）

「六人組」の支援もあり、法廷での論争では原告側が被告の国側を圧倒していたのは明らかだったが、七八（昭和五三）年四月、一審の松山地裁では原告住民側敗訴の判決が出された。裁判所は「設置許可は国の裁量、安全性は認める」として訴えを退けた。原告住民側は控訴し、裁判の舞台は二審の高松高裁へと移っていた。

「安全問題ゼミ」で、小出が説明を続ける。

「原発の災害評価をするうえで、格納容器の破壊までを考慮してしまうと、被害が破局的になることは避けられない。そこで原発の生き残り策として、「破局的事故が起きる確率は、実際にそれが発生しないのと同じだけ低い」ことの証明、つまり「確率論的安全評価」なるものが登場したのです」

七〇年代後半ごろから原子力の世界で喧伝され始めた「確率論的安全評価」という考え方が、いかにご都合主義であるかを、小出は論理立てて説明していく。

それを聞いていた小林は、スクリーンに映し出されたレジメの図表を睨んで、考えていた。

「原発を推進する側は、破局的な事故の可能性は少ない、「想定不適当」なんて言うが、実際にスリーマイル島原発事故も起きてしまった」

この前年、一九七九（昭和五四）年の三月、米国・ペンシルバニア州にあるスリーマイル島原発（軽水炉）で炉心溶融事故が起きた。原因は、二次冷却水を送り込むポンプの異常により、炉心を冷やす一次冷却水が蒸発して、炉心が空焚き状態になったからだった。格納容器の破損という最悪の事態は免れたが、排気塔からヨウ素などの放射性物質が環境に放出された。世界の原発史上、設計上想定されていない破局的な事故が起きたのは、これが最初だった。

「軽水炉で起こり得ることが、高速増殖炉で起こらないと、誰が言えるだろうか……」

高速増殖炉の専門家である小林は、小出の話を聞きながら、そう思わざるを得なかった。実際、高速増殖炉の先進国・米国では、これまでに高速増殖炉で二度、重大な事故が起きていた。ひとつは一九五五（昭和三〇）年一一月、アイダホ州の国立原子炉試験場にある実験炉「ＥＢＲ－１」で起きた炉心溶融事故、もうひとつは一九六六（昭和四一）年一〇月、ミシガン州デトロイト近郊の実験炉「エンリコ・フェルミ一号炉」で起きた炉心溶融事故だ。いずれも、炉心崩壊から核爆発に至るような大惨事にはならなかったが、高速増殖炉の運転の困難さと危険性を物語る出来事だった。

第一回の「安全問題ゼミ」が開かれてから半年後の一二月、動燃は高速増殖炉もんじゅ（出力二八万キロワット）の設置許可申請を行った。設置許可申請の後は、まず所管する科学技術庁による第一次安全審査が行われ、その審査結果をふまえて、福井県や敦賀市など地元自治体の了承を得る。そして内閣総理大臣が原子力安全委員会に諮問を行い、同委員会による第二次安全審査が行われる。

「着々と進んでいるな」年の瀬が迫ったある晩、小林は実験所からほど近い自宅に帰る道すがら、コートのポケットに手を突っ込んだまま、乾いた口調でそうつぶやいた。

小林は四一歳。このとき、自分の研究に行き詰まりを感じていた。熊取の実験所内に自らが中心メンバーとなって設計・建設した臨界集合体では、「もんじゅ」によるプルトニウム増殖体系の向こうを張って、トリウム増殖の体系を設置した。しかし、さまざまな問題が生じて、研究は頓挫していた。

「増殖の夢、か」自分が研究者として今後どう生きるか――。高速増殖炉に夢を見て、ここまでやってきたものの、前途が見通せない日々だった。

東海村への転勤

翌一九八一（昭和五六）年の八月、動燃総務部の西村成生は、茨城県東海村にある東海事業所管理部労務課に転勤することになった。

「同じ部署に何年かいると、どこかに動かされる運命なのね。転勤族だわね」会社で異動の内示があった日、帰宅した成生から転勤を告げられたトシ子は、そう笑って答えた。

もともと熊本出身で、岐阜で就職し、さらに東京で再就職したトシ子にとって、住まいが変わるのは、むしろ当たり前のことに思えた。夫に単身赴任してもらうという選択肢は初めからなく、家族そろって東海村へ行くことになった。成生は三四歳、トシ子は三五歳だった。長男は小学校二年生、次男は幼稚園の年長だったので、夏休みの間に転校・転園の手続きを済ませた。

西村家が入居したのは、東海駅から徒歩二〇分ほど、路線バスに乗れば五分ほどの「百塚原団地」にある社宅だった。建物は鉄筋コンクリート造で三階建て、同じタイプのものが敷地内に三棟並んでいた。部屋の間取りはファミリー向けの2DKで、子供二人を育てるのには十分な広さだった。家賃も二万円と格安だった。

「収納もちゃんとしてるのね。いろんなものがどーんと入りそうで、気に入ったわ」鍵渡しの日に部屋を見たトシ子は、声を弾ませた。

夫の成生は社宅を毎朝七時ちょうどに出て、マイカーで東海事業所に出勤した。国道二四五号線に面した正門を入ると、すぐ左手に管理部労務課の入っている事務棟本館があった。その向こうには、およそ一キロ以上離れた海辺まで、広大な事業所の敷地が続いている。

いちばん奥の海側に近い場所にあるのが、プルトニウムの再処理工場だった。米国でカーター政権が誕生したのとともに、この再処理工場の運転開始に「待った」がかけられた。しかし、日米交渉の結果、制限付きで二年間運転することで合意し、その後も段階的に運転の延長が認められてきた。

「これで、動燃も何とかやっていけるぞ」成生は、管理部労務課で人事異動や給与計算などの仕事をしながらも、会社の将来に明るい陽が射すのを感じていた。

前年に原子炉設置許可申請を行ったもんじゅは、科学技術庁による第一次安全審査の実質的審議が、この年一二月に終了した。

「来年にはもんじゅの建設も、いよいよ具体的に動き出す」昼休み、成生は事務棟本館の窓から事業所全体を見渡しながら、会社の将来を思った。

しかしこの頃、東海村から遠く四〇〇キロあまり離れた福井県では、もんじゅ建設をめぐって大規模な反対運動が湧き起こりつつあった。

もんじゅの「公開ヒアリング」

一九八二（昭和五七）年に入ってからの、もんじゅ建設をめぐる地元・福井県での動きを日付順にまとめると、次のようになる。

二月二六日　もんじゅ建設の地元説明会
県庁前で一八〇〇名が抗議、科技庁審議官の乗用車を包囲
三月二〇日　県議会、もんじゅ建設促進請願を可決
五月七日　福井県、もんじゅ建設に正式同意
五月一四日　政府が閣議で建設を正式決定
六月二七日　「原子力発電に反対する福井県民会議」が官製ヒアリングに対抗して
住民ヒアリングを開催
七月二日　原子力安全委員会、敦賀市で公開ヒアリングを開催
「県民会議」が一万人の抗議行動（県警調べでは五八〇〇人）

原発の建設にあたっては、行政庁に対し、地元住民に意見を聞く公聴会の開催が義務付けられている。いわゆる「公開ヒアリング」である。もんじゅの場合、原子力安全委員会による第二次安全審査を行うにあたって、この公開ヒアリングの実施が予定されていた。ところが、もんじゅ建設に対する全県的な反対運動組織である「原子力発電に反対する

福井県民会議（以下、県民会議と略す）」が、公開ヒアリングの手続きや内容についての改善要求を科技庁に出したが、容れられなかった。県民会議は、「立地のための形式的な意見聴取にすぎない」として、公開ヒアリングに先立って独自の催しである「住民ヒアリング」を開くことを決めた。

「住民ヒアリングに、講師として来てもらえないか」京大原子炉実験所助手の小林に、こうした依頼があったのは、六月はじめのことだった。

依頼主は主催者の県民会議だったが、直接そう言ってきたのは、阪大理学部講師で反対派住民を支援していた久米三四郎だった。

小林は正直なところ、気が進まなかった。これまで自分は、「速い中性子」を扱う高速増殖炉を、生涯の研究対象としてきた。当然そこで得た知識や人脈は「建設推進」を前提としたものだ。「大学の同級生から他の大学の研究仲間まで、すべて〝炉物理屋〟と呼ばれる連中は高速増殖炉の研究をやっている。俺がもんじゅ建設反対の立場でしゃべったら、奴らはどう思うだろうか……」

しかし、久米は「君しか、おらへん」と強く求めた。「あくまで、もんじゅというプラントが抱える危険性について、事実だけを述べるということなら、話をしましょう」結局、小林は折れた。

六月二七日、敦賀市の気比公民館で開かれた住民ヒアリングには、三〇〇人以上が集まった。小林は、久米とともに登壇し、高速増殖炉について四つの点を指摘した。

①軽水炉と違い、炉心崩壊から核爆発に至る可能性がある
②空気中で燃え、水と反応しやすいナトリウムを使用する
③運転条件が過酷である
④危険な使用済み燃料の再処理施設が不可欠

いずれも、小林が研究する中で思い当たった、高速増殖炉が抱える大きな問題点である。事前に動燃が提出したもんじゅの設置許可申請書も読み込んだが、不安は募るばかりであった。

「もんじゅには、軽水炉と比べてこうしたケタ違いの危険性がある。しかし、推進側がこれを警告と受け止め、事態を改善してくれたら……」住民ヒアリングで話をしている最中も、小林は心底からそう思った。高速増殖炉への断ち切り難い未練があったのだ。

その一週間後の七月二日、公開ヒアリングの日がやってきた。夜明け前から、会場の敦賀市文化センター周辺には反対派が座り込み、午前五時からはデモをして「ヒアリング絶対阻止」を叫んだ。

しかし六時半過ぎから、機動隊に守られた意見陳述人が、傍聴人に紛れて会場に入った。「なぜ傍聴人を入れた！」「そんな生温いことでどうする！」この処置をめぐって、反対派どうしでいがみ合いが始まる。ついには「帰れ！　帰れ！」のシュプレヒコールまで起きた。

反対派のこうした足並みの乱れもあって、公開ヒアリングは予定どおり八時半から始まった。

「建設予定地には活断層が走っていると聞くが、地震が起きても大丈夫か」

「万一事故が起きても、猛毒のプルトニウムが外部に漏れ出すことはないのか」

会場の中では、意見陳述人からもんじゅ建設に対する疑問が投げかけられた。

しかし、出席した科技庁の担当者や東大工学部教授ら専門家は、「安全設計になっていて問題はない」と繰り返すだけだった。会場内には傍聴人も含め、推進派か条件付き賛成派しかいない。水を打ったような静けさの中、居眠りする人も続出した。「住民の生の声を聞く」という本来の主旨から外れて、「ヒアリング」は進行し、終わった。

高速増殖炉をめぐる国際情勢

一九八三（昭和五八）年四月二五日、原子力安全員会が「高速増殖炉もんじゅの建設は妥当」と、内閣総理大臣の中曽根康弘に答申を出した。一か月後の五月二七日には、もんじゅの設置許可が出された。動燃の創設から一六年。「プルトニウム増殖で国産エネルギーを」という政策の根幹をなす、もんじゅの建設が具体的に進み出した。

しかし、その一方で、諸外国の高速増殖炉をめぐる情勢は、どんどん厳しいものになりつつあった。

高速増殖炉開発の先進国である米国では、どうだったか？

七七（昭和五二）年に、カーター大統領が「核不拡散声明」を出して政策変更し、テネシー州に建設が計画されていた米国初の原型炉「クリンチリバー増殖炉」の開発計画が中断された。八一（昭和五六）年に就任したレーガン大統領が、いったん開発支持の政策に戻したが、建設コストの上昇、電力需要の低迷などから、議会に反対意見が多くなった。

そして八三年一〇月、議会は翌年度の予算に「クリンチリバー増殖炉」関連予算を含めることを否決し、ついに開発計画が中止になった。核不拡散の問題に始まり、スリーマイル島原発事故の恐怖、そして軽水炉より高くつく建設コスト……。それらすべてが理由となり、高速増殖炉の〝生みの親〟である米国が、その開発に見切りをつけたのだった。

次にフランスでは、どうだったか。

初の実験炉「ラプソディー」で、七八（昭和五三）年、一次系のガスの中にナトリウムが漏れ出した。八二（昭和五七）年にも再びナトリウム漏れ事故が起き、炉は永久閉鎖されることになった。原型炉「フェニックス」でも、七三（昭和四八）年の初臨界の後、七四年、七六年と熱交換器にナトリウム漏れ事故が起きた。その後も八二年四月二九日、三〇日と続けて二次系のナトリウム漏れ事故が発生し、その修理を終えてからも、同年一二月、翌八三年二月、三月と立て続けに、蒸気発生器でナトリウム漏れが見つかった。

高速増殖炉を採算ベースに乗せるため、必要な稼働率は八〇パーセント以上と言われている。しかし、フェニックスの場合、稼働率は七四年の本格稼働以来五八・四パーセントと、水準にはるかに届かない。それなのに、建設費は軽水炉の二倍かかる。原型炉に続く実証炉「スーパーフェニックス」の建設も始まっていたが、高速増殖炉の実用には程遠い状況にあった。

では、西ドイツ・イギリス・ソ連はどうだったか。

西ドイツのオランダ国境に近い町・カルカーにある原型炉「ＳＮＲ－３００」は、運転前に原子炉容器に亀裂が見つかるなどして、スケジュールの大幅遅延と建設費の高騰が問題になっていた。これにともない、実証炉計画も見通しが立たずの状態だった。

イギリスの原型炉「ＰＦＲ」は、本格稼働以来、技術的トラブルが重なった。平均稼働率は六・八パーセントにとどまり、ＰＦＲに続く実証炉計画は凍結状態にあった。

ソ連では原型炉「ＢＮ－３５０」が七三年五月と九月、および七五年二月に、蒸気発生器の水漏れ事故を起こした。冷却材のナトリウムと水が激しく科学反応を起こして、白煙を上げたというが、詳細は明らかにされなかった。これにより、実証計画も立ち消えになった。

欧米各国で高速増殖炉の開発が頓挫し、方向転換を迫られていたが、こうした情報はほとんど公開されなかった。その同じ時期に、日本はもんじゅ建設に勇んで乗り出していったのだった。

もんじゅ訴訟の提起

一九八四（昭和五九）年一〇月、もんじゅ建設に対する反対運動組織である県民会議はもんじゅ訴訟を提起することを決め、福井と東京の二元構成で訴訟弁護団の結成に動いた。

この時点で、総理大臣によるもんじゅの設置許可から一年以上が過ぎていた。公権力の行使の違法性を問う「行政訴訟」を提起し、処分の取り消しを求める期限は、処分決定の出た日から一年以内。県民会議と弁護団は、やむなく建設・運転を差し止める民事訴訟を提起することを決めた。

しかし、もんじゅというまったく新しいタイプの原発については、民事訴訟だけでは不十分だった。行政訴訟を起こせば、国の行った安全審査の適否について、立証責任を負うのは国側であった。「それでこそ、法廷がもんじゅの安全性を議論する場となる。設置許可処分の取り消しが求められないのなら、処分の無効確認を請求しよう」処分の無効確認を求めるのには、期限が定められていなかったのだ。

動燃東海事業所管理部の西村成生は、翌一九八五（昭和六〇）年四月、千葉市内にある財団法人「日本分析センター」に出向することになった。この組織は、環境中の放射能の分析や測定をする目的で、国の運営する公益財団法人として七四（昭和四九）年に設立された。

米国の原子力潜水艦が横須賀などに入港する際、放射性降下物を測定したりするのが主な業務で、当初は都内に施設を構えていたが、七九（昭和五四）年には千葉市内に移転した。設立の際、動燃から三〇〇万円の寄付金を受けていたこともあり、管理部門に動燃からの出向職員を受け入れていた。

「ああ、また引っ越しなのね。この社宅は広いから、気に入っていたのに」成生の妻・トシ子は、割れ物の鍋などを段ボール箱に詰めながら、東海村での四年間の生活を振り返った。小学生の子ども二人は自然あふれる環境の中で、のびのびと育っていた。転校することになって、友だちと離れるのを嫌がる二人を宥めつつ、トシ子は妻として、母として、ここが踏ん張りどころと気を引き締めた。

引っ越しのトラックに家財道具を積み終え、向かった先は、千葉・松戸市内にある動燃の社宅だった。

同じ年の九月二六日、福井地裁に、もんじゅの建設・運転を差し止める民事訴訟（被告は動燃）と、もんじゅの原子炉設置許可の無効確認を求める行政訴訟（被告は国）が、同時に提起された。この時点で原告団と弁護団は、裁判の証人を誰に依頼するか決めていなかったが、最終的に白羽の矢が立ったのは、やはり京大原子炉実験所の助手、小林圭二だった。

「この話は、やっぱり断ろう」

依頼を受けた小林は、そう考えていた。前年の一二月、「伊方原発訴訟」の控訴審で、高松高裁は原告住民側の控訴を棄却した。一審判決同様、被告国側の主張を全面的に認めるものだった。原告住民側を支援していた小林ら「熊取六人組」のメンバーは、一審、二審での〝敗北〟をとおして、裁判というものに懐疑的になっていた。

また、一人の研究者としても逡巡があった。もんじゅの問題点は数え上げればキリがなかったが、裁判で建設反対の側に立つとなれば、これまでの研究仲間との交流を断たなければならない。それに、大きな恐怖も感じていた。

「もんじゅには、国から莫大な金が下りている。さまざまな実験をやっているだろうし、そのデータのレポートも出ているだろうが、それは秘密主義のうちに隠されている。俺が証言でちょっと間違ったことを言えば、向こうは自分たちが持っているデータから、決して必要なところは見せずに、部分的なところに自分たちの情報をちびちびと持ち出しては、反論してくるだろう……」自分は、間違いなくつぶされる。小林は、県民会議に断りの電話を入れようとした。

しかし、やがてこうも思った。「高速増殖炉の問題は、原子炉物理の問題にほかならない。これが普通の軽水炉だったら、何も俺がのこのこ出ていく必要はないだろうが、この話を俺が蹴ったら、他に誰が……」

一か月後、もんじゅ訴訟の弁護団会議が開かれた。そこには弁護士以外の人間が一人だけ参加していた。小林だった。「ずいぶんと悩みましたが、証人を引き受けさせていただきます」そう言って、小林は弁護団に求められるまま、もんじゅの問題点について説明を行った。かつて、伊方裁判の弁護団会議では、テーマごとに弁護士と研究者が「一対一」でコンビを組んで訴訟の対策を練った。だが、今回は小林を正面に座らせ、弁護団全員が小林の説明に聞き入る「一対多」のスタイルが取られた。つまり、技術的問題を小林一人で、すべて引き受けなくてはならなかったのだ。

こうして、小林はその後の人生を、もんじゅ訴訟とともに歩むことになった。高速増殖炉に一度は「夢」を見たことに対する、落とし前のつけ方だった。実際のところ、原子炉物理学の集大成としての高速増殖炉技術を、その専門家の立場で批判できるのは、小林をおいてほかになかった。

翌八六年四月二五日、福井地裁でもんじゅ訴訟の第一回口頭弁論が開かれた。原告団長の磯辺甚三は、こう訴えた。

「もんじゅは原告自身の生命を危険にさらすだけでなく、次の世代をも恐ろしい地獄絵図に巻き込むもので、人としての良心にかけ、認めることはできない。人間の作るものに完全はない。「科学よ、驕るなかれ」と叫びたい」

しかし、この翌日に世界の原発史上最悪の事故が起こるとは、法廷にいた誰もが予想していなかった。

チェルノブイリ原発事故の放射能測定

原発史上最悪の事故が起きたのは、もんじゅ訴訟の第一回口頭弁論が福井地裁で開かれた翌日の四月二六日土曜日、日本時間午前七時過ぎのことだった。

日本から八千キロ離れたソ連・ウクライナ共和国にあるチェルノブイリ原発で、保守点検のために原子炉を停止させる際に、非常用電源のテストを行おうとして出力調整に失敗した。すると原子炉が不安定な状態で暴走し、建屋ごと爆発炎上した。決死の消火活動にもかかわらず、原子炉はその後一〇日間燃え続け、大量の放射能が高熱とともに上昇し、気流によってソ連とヨーロッパ各国を汚染した。

西村成生は事故のことを、二九日（天皇誕生日）朝のニュースで知った。

「えっ、ソ連の原発で大事故？」火のついた煙草を持つ手を、宙に浮かせたまま、画面に見入った。そして、漠然とした不安を抱いた。事故の影響は日本の原発、ほかでもない高速増殖炉もんじゅにも押し寄せてくるのではないか、と……。

五月に入ると、成生の出向先の「日本分析センター」も、にわかに忙しくなった。事故後の日本国内で、環境中にあるヨウ素などの放射性物質について調査する仕事を、国から委託されたのである。その結果、センターのある千葉市では、ヨウ素１３１が前月比で数十倍の量になるなど、放射性物質が各地で高い水準で検出された。つまり、八〇〇〇キロ離れたチェルノブイリ原発からも放射能は飛んできていて、日本の大地や海を汚染していたのだ。

「測定結果はどうなっている？」管理部で働く成生は、計測を担当する分析部のプロパー職員を見かけると、そう尋ねた。測定値が高いことを知らされると、そのたびに気が滅入った。

七月に入って科学技術庁は、「事故による日本への放射性降下物の健康への影響はない」

と発表したが、未だ成生の気は晴れなかった。社宅に帰ると、買い込んであった原発や反原発についての書籍を、貪るように読んだ。「あなた、ちょっと、押し入れから扇風機を出して下さいな」蒸し暑い時期になり、台所からトシ子が大きな声で頼んでも、本に夢中で返事をしないこともあった。「本社のみんなは、大丈夫だろうか」出向は足掛け二年におよび、成生は早く本社に戻りたいと願っていた。

もんじゅの建設は、原子炉格納容器の据え付けが始まるなど、着々と進んでいるものの、動燃はもんじゅ訴訟の「被告」の身の上だ。そこに起こったのが、今度のチェルノブイリ原発事故である。事故の原因は「運転員の規則違反」とされていたが、事故を拡大させた主因は、チェルノブイリ原発の炉型特性にあった。「過熱によって冷却材の気化が進むと、暴走を加速する」という特性で、高速増殖炉には同じ特性があった。つまり、何らかの原因でナトリウムが沸騰すると、暴走が勝手に拡大してしまい、止めようがなくなるのである。

原告住民らは、「チェルノブイリ原発事故のような暴走事故は、もんじゅのほうが起こりやすい」と世論に訴え、気勢を上げていた。動燃に逆風が吹いていた。

そして、翌八七（昭和六二）年四月、成生は再び転勤することになった。しかし、辞令に記されていた行先は、東京の本社ではなく福井だった。
〝西村成生　ふげん発電所労務課長を命ず〟

行政訴訟の「原告適格」

チェルノブイリ原発の事故が発生し、もんじゅ訴訟への世間の関心は高まった。ところが、八七年二月、福井地裁は併合して審理されていた民事訴訟と行政訴訟のうち、国を被告とした行政訴訟を分離して、結審すると言い渡した。これは一体、何を意味するのか？

原告住民側は「裁判所は、われわれの原告適格を認めないつもりか」といぶかった。「原告適格」とは、訴訟を提起して行政処分の取り消しや無効確認があった場合、法律上の利益が回復することをいう。利益が回復されると考えにくい場合は、原告適格が認められず、訴訟が棄却されることになる。俗にいう〝門前払い〟である。原告住民側は、裁判官の忌避を申し立てたが、福井地裁はこれを棄却した。

はたして同じ年の一二月、福井地裁は「訴えた住民には原告適格がない」として、行政訴訟を棄却する判決を下した。理由は、「原告は動燃を被告とした民事差止訴訟を提起しており、その方が本件紛争の基本的解決のために有効かつ適切な手段である。従って補充的な性格を持つ無効確認訴訟を認めるべき利益はない」という、おかしな論法によるものだった。

原告住民側は直ちに名古屋高裁金沢支部に控訴した。

京大原子炉実験所の小林は、裁判での証人尋問に備えて、世界中の高速増殖炉についての最新の文献を集め、読み込んでいた。

世界各国の文献からは、高速増殖炉においてナトリウムの漏洩が深刻な問題となっていることが判明した。フランスの「スーパーフェニックス」では、同じ年の三月に、使用済み燃料一時貯蔵タンクからのナトリウムが漏洩する事故が発生し、運転を停止していた。また、西ドイツの「SNR-300」では、八四年と八五年に、機器の試験中にナトリウム火災が起きていた。高速増殖炉は、冷却材にナトリウムを使っているので、常に爆発と火災とは背中合わせだ。

「これだけ技術的な問題が起きては、もうダメだな……」小林は、資料を漁りながら、そう思った。

また、高速増殖炉の唯一のメリットは、消費した量以上にプルトニウムを生産することだが、欲張って増殖の比率を大きくしようとすると、原子炉の微妙な制御が困難になり、チェルノブイリ原発のように暴走の危険が増大する。だが、暴走の危険を少なくしようとすれば、増殖比を低く抑えなければならない。最近では、一基の増殖炉でもう一基の増殖炉に必要なプルトニウムを生産するためには九〇年かかる、といった話まで真面目に議論されていた。

「九〇年もかけて、何が新しい時代のエネルギーだ。馬鹿げている！」高速増殖炉の開発に微かな望みを抱いていた小林も、もはや根本的に考えを改めざるを得なかった。

「わが国の原発では、チェルノブイリ原発のような事故は起こらない」原子力安全員会のチェルノブイリ原発事故調査特別委員会が、この年五月に取りまとめた最終報告には、そう結論づけられていた。しかし、それは軽水炉についての話であって、高速増殖炉「もんじゅ」がチェルノブイリ原発と同じ特性を持つことは隠された。

福井での単身赴任

翌一九八八（昭和六三）年も半ばを過ぎた頃、世間は「リクルート事件」の発覚で大騒ぎになっていた。リクルート社が未上場の子会社リクルートコスモス社の未公開株を、賄賂として譲渡した。政界では前首相の中曽根康弘や現首相の竹下登をはじめ、宮沢喜一副総理・蔵相、安倍晋太郎自民党幹事長、渡辺美智雄自民党政調会長らに株が譲渡されていたが、結局それら大物たちが立件されることはなかった。

国会では翌年からの消費税導入が議論されていて、「庶民からは税金を取っておいて、お偉方はお咎めナシか」と政治不信が極まり、竹下内閣の支持率は一〇パーセントを割った。

「何でもお金、お金の、嫌な時代になったもんねえ」トシ子は松戸の社宅で、夫の成生のもとへ送る食料や衣類を仕分けしながら、ため息をついた。

成生がふげん発電所の労務課長となり、福井県敦賀市に単身赴任してから一年半近くが経った。季節は秋から冬に向かっている。日本海に面した敦賀の寒さは、格別に厳しい。人一倍寒がりの成生に、体の温まる生姜湯や起毛素材の肌着を送ろうとしていた。「あの人、ちゃんとやっているかしら……」成生は東京に生まれ育ち、動燃入社後も、トシ子と所帯を持つまでは自宅で両親と暮らしていたので、一人暮らしをするのは人生を通じて初めてだった。

西村成生（1988年）

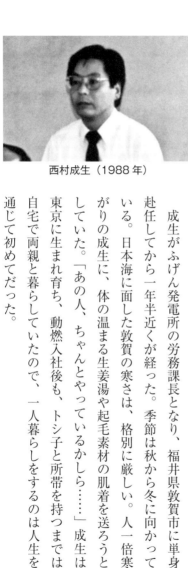

ふげんは、敦賀半島の北端、明神町にある日本原電の敦賀発電所に隣接した場所に設置されている。日本独自で研究開発されてきた「新型転換炉」という型の原子炉で、一九七八（昭和五三）年の初臨界以来、八七年末までに総発電量八〇億キロワットを達成するなど、順調に運転を続けていた。

軽水炉と高速増殖炉のちょうど中間的な存在である「新型転換炉」は、重水を減速材とし、軽水で冷却する。また、プルトニウムとウランの混合燃料を用いて、「燃えないウラン」であるウラン２３８のプルトニウムへの転換を積極的に行わせるが、高速増殖炉より転換率は低く、いわゆる「増殖」はない。その中間的性格のゆえに、原子力産業界の内部でも、ふげん開発の意義をめぐって議論は多かった。

しかし動燃は、原型炉ふげんの開発成果が、その次の実証炉において実用化される一歩を踏み出したと、誇らしげだった。その実証炉は、「電源開発株式会社」が青森県大間町に、出力六〇・六万キロワットのものを建設することを計画中だった。

成生が赴任したふげん発電所には、単身赴任者のための寮があり、住み込みの管理人がいて、食事やそのほかのサービスを提供している。

「成生さん、元気でやっているの？」ある日の晩、トシ子は寮に電話を入れ、成生と話をした。「ああ、変わりはないよ。荷物も送ってくれてありがとう」ひと月ほどぶりに聞く夫の声が、電話口から聞こえる。「ところで、家のほうどうなっている?」「ああ、この前見に行ったら、コンクリートの基礎工事が済んでいたわ」

夫婦は、マイホームの夢を叶えようとしていた。千葉県柏市内の造成地に一区画を購入し、翌年三月には一戸建ての家が完成することになっている。このところ、首都圏の土地の価格が急速に上がっているのに加え、翌年春から消費税が導入される。家を買うなら、早いに越したことはなかった。もちろんローンを組んでのことだが、将来の資産価値向上も見込んで、予定の時期より二、三年早く家を建てる決心をした。

今住んでいる松戸の社宅から自転車で二〇分ほどの距離で、ここなら地元の高校と中学に通っている息子たちも、転校する必要がなかった。「水回りは、こうしたいんだけど」「いや、やっぱりこのプランのほうがいいよ」寮の窓は二重ガラスになっている。外は暗く、時雨が雪にかわりそうな気配だったが、成生とトシ子は、自分たちの家のことについて、熱心に話し合った。

「原告適格」のゆくえ

一九八九年が明け、時代は昭和から平成になった。ふげんからおよそ三キロ西にあるもんじゅの建設現場では、八五年一〇月の着工以来、土木・建築・機電工事の各工区の作業が、工程に則って進められていた。

「カーン！　カーン！」工事音が鳴り響き、一〇基ほどあるクレーンが、資材の積み下ろしをひっきりなしに行う。その後ろでは、白木の海岸に波が穏やかに打ち寄せている。前年のうちに丸いドーム型の原子炉格納容器が設置され、工事の進捗率はおよそ五〇パーセントに達していた。

一方、「原告適格」をめぐって争われていた、もんじゅ行政訴訟の控訴審は、この年七月一九日、名古屋高裁金沢支部で判決の言い渡しが行なわれた。判決は、「原告四〇名のうち一七名については、原告適格を認めて福井地裁に差し戻す。二三名については認めない」とするものだった。

「何だ、その判決は？」京大原子炉実験所で仕事中に連絡を受けた小林は、思わず声を上げた。原子炉から二〇キロメートル以内に住んでいる住民は、想定される最大級の事故によって直撃を受けると考えられるので原告適格があるが、その外側の住民は、気象条件によっては重大な被害を受けることは考えられるが、未だ時間的に避難の可能性がある、というのが詳しい判決理由だった。

「原子力災害を、二〇キロの内と外で区別などできるわけがないじゃないか」小林が、そう確信を持って言える理由のひとつに、実験所の同僚で「六人組」のメンバーである瀬尾健が取り組んでいた、もんじゅの災害評価のデータがあった。

――大事故が起きれば、人口六万四〇〇〇人の敦賀市では五〇パーセントが急性死し、近畿地方では一八九万人が晩発性の影響を受けて、ガン死する。

戦慄すべき数値である。ひとたび、もんじゅが炉心溶融などの大事故を起こせば、裁判所が線引きした二〇キロはおろか、風向きによっては一五〇キロ圏内の京都・大阪の人口密集地にまで、多大な被害が及ぶ。瀬尾は、米国で生まれた「確率論的安全評価」の手法を逆手に取り、原発で大事故が起こった場合に、環境にどのくらいの放射能が洩れ出し、その結果住民がどのくらいの被害を受けるかをシミュレーションしたのである。

「ガン死者のうち何割かは、肺、骨、肝臓ガンによるものだろう……」小林は、瀬尾の災害評価のデータを見て、そう思った。プルトニウムは、主に肺への吸入によって、各々のガンを引き起こす。

ちょうどこの時期、小林は「六人組」の今中哲二を中心にして行われていた、ある書籍の日本語訳に取り組んでいた。

書籍のタイトルは『人間と放射線（原題：Radiation and Human Health）』で、米国の化学者・医師のジョン・W・ゴフマン（一九一八〜二〇〇七）による一九八一年の著作だ（邦訳は明石書店、二〇一一年新装版）。ゴフマンはこの著書の中で、被ばく量とガン死の関係について、低線量被ばくには「しきい値」がなく、たとえわずかでも通常時より多く被ばくしたら、その集団の中でガンの発症率がわずかに上昇する、という学説を提唱していた。「放射線被ばくにともなうガン死リスクは、一〇〇万人レム（一レム＝一〇ミリシーベルト）当りおよそ三七七三件。つまり、一〇〇万人が一〇ミリシーベルトずつ被曝した場合、そのうちおよそ三七七三人が癌で死ぬ、か……」

本が書かれた当時、米国の「電離放射線の生物学的影響に関する委員会（ＢＥＩＲ委員会）」などでは、一〇〇万人レム当りおよそ一〇〇件というのが相場だったため、三七七三人というそのおよそ四〇倍の数字には批判も大きかった。しかしその後、それらの〝権威筋〟ですら「新たなデータが追加された」として、一〇〇万人レム当り八〇〇件や千件という数字を認めるようになった。

「昔、実験で黒鉛を積み上げたり解体したりしていた頃は、被ばくのことなんか考えもせず、走り回っていた。自分の専門の原子炉物理以外、原子力のことを何にも知らなかった……」小林は、若い頃の自分の無知を恥じた。そして、ゴフマンのいわゆる「しきい値なしの直線モデル」のグラフを睨んで、こうつぶやいた。「炉心溶融の大事故が、もんじゅで起きたら……やはり、このままではいけない」

もんじゅ行政訴訟は、その後、原告適格を認められなかった住民二三名が上告し、最高裁の判断を仰ぐことになった。

不都合な真実

「いってきます。今日は遅くなるから、晩飯はいらないよ」そう言って、成生は自宅の玄関を出て、駅へと向かった。「いってらっしゃい」トシ子は成生の後姿を見やり、そう言葉をかけた。

西村成生とトシ子夫婦が、千葉・柏市に新居を構えて、半年あまりになる。一九九〇年四月に、夫の成生は、福井・敦賀市の「ふげん」発電所から異動になり、東京の動燃本社に戻ってきた。今度の役職は、総務部文書課長である。

松戸から常磐線と地下鉄を乗り継いで、虎ノ門駅へ――。入社当初から一二年間勤務していた赤坂・三会堂ビルの四階が、ふたたび成生の職場になった。「やはり、東京は受ける刺激がまったく違う」このとき四三歳。通勤電車の人ごみにもまれる毎日だが、それも成生にとっては、自分の順調な出世の証《あかし》だった。

文書課は、社内の文書全般を作成するのが仕事だ。まだパソコンやワープロが普及する前で、タイピスト三人が文書の一字一字をタイプライターに打ち込んでいく。中には、科学技術庁や通商産業省など国に提出する文書もあり、文言の内容から句読点の位置まで、細かいチェックが必要だ。また、幹部の出席する会合に出席し、議事録をとるのも重要な仕事だった。

一方、トシ子は子供の手が離れたこともあり、数年前から外に働きに出ていた。仕事は保険の外交員だった。もともと働くことは嫌いではなかったし、自分の裁量で成果が上げられる仕事が、トシ子の性格に合っていた。「家のローンは、成生さんと私二人分の稼ぎで、早く返済しなきゃ……」目標のある生活には、やりがいとハリがあった。

しかし、一方で、トシ子にはひとつ気になることがあった。それは、成生がある日、こんな言葉をつぶやいたからだった。「もんじゅが完成したら、どうなるんだろう。そうしたら、もう動燃は必要なくなる……」

実際に、「原型炉」であるもんじゅに続く「実証炉」の開発は、動燃ではなく「日本原電（日本原子力発電株式会社）」が行うと、すでに決まっていた。「もんじゅ建設という目標をいったん達成してしまえば、その存在自体が不要になる。そんなことがあっていいのだろうか……」トシ子は、そう思った。いったい何のために、夫はこの組織で身を粉にして働いてきたのか。そして、自分は何のためにその夫を支えてきたのか……。

京大原子炉実験所の小林は、今年の八月、東京の「原子力資料情報室」のスタッフから、ある相談を受けた。「こんな匿名の投稿論文が来たんだけど、どう思いますか？」「原子力資料情報室」は、「脱原発」運動のリーダー的存在である核科学者・高木仁三郎が代表を務める民間のシンクタンクだ。

定期的に発行している情報誌にこの投稿論文を掲載するにあたって、小林の意見を聞きたいというのだ。そこには、衝撃的な内容が記されていた。「イギリスの高速増殖炉ＰＦＲで、一九八七年二月、蒸気発生器伝熱管一本のギロチン破断が、わずか八秒の間に三九本の破断に波及するという事故が起きた」

小林は論文を一読して、「うーん」と唸った。もんじゅの安全審査では、伝熱管一本のギロチン破断が他の伝熱管四本の破断へと波及する事故を想定しているだけだ。動燃が想定していた規模より一〇倍も大きな事故が、同じ高速増殖炉で実際に起こっていたのだ。「今までの蒸気発生器に対する安全設計の基本が、この事故でぶっ壊れたな……」小林は、驚愕の思いを抑えられなかった。いずれ行われる証人尋問に備えて、世界中の高速増殖炉についての最新の文献を集め、読み込んでいたが、この事故については初耳だった。「なぜ、この事故についての論文が、これまで当事国であるイギリスをはじめ、世界中のどこを探しても見つからなかったのか?」

やがて、小林は思い当たった。事故の発生は八七年二月。その前年四月に起きたチェルノブイリ事故後、一年も経っていない。この事故は、原子力推進派にとって最悪のタイミングで起きた「不都合な真実」であり、世界中で隠されているに違いなかった。小林はこうも思った。「本来なら、建設中のもんじゅはこの事故に鑑み、安全審査をやり直さなくてはならないはずだ。一体どういうプロセスでこの事故は起こったんだろう……」

この日以来、小林はイギリスの高速増殖炉で起きた事故の原因を解明しようと、さらなる文献調査に身を投じた。

証人尋問

一九九一（平成三）年五月、高速増殖炉もんじゅは完成した。ここに至るまでに、当初予定の三倍にあたる六千億円の金と、五年の歳月が費やされていた。今後、計画通りに進めば、機器の「総合機能試験」に入り、翌九二（平成四）年一〇月には初臨界を達成することを目標としていた。

一方、訴訟のほうはどうなっていたのか。

国を被告とする行政訴訟が「原告適格」をめぐって時間を費やす一方、動燃を被告とする民事訴訟のほうは着実に進行していた。同じ年の四月一〇日から二日間にわたって、裁判官三人、原告と代理人の弁護士らが、完成間近のもんじゅに検証のため立ち入った。原子炉や蒸気発生器など主要な容器はすでに設置されていて、建屋内にナトリウム配管が大蛇のように曲がりくねって設置されていた。

この配管は、中を流れるナトリウムの温度によって伸縮する。原子炉が燃えて稼働しているときはナトリウムの温度が高く、配管は伸びようとするが、緊急停止時などにはナトリウムの温度は低くなり、配管は縮もうとする。この伸縮の激しさのため、配管は宙ぶらりんの状態にして、天井や壁から突き出た支持具で固定する構造になっている。

しかし、この地震国の日本で、もし大きな地震が起きたときに、配管が落ちたり破損したりすることはないのだろうか。そうなれば、床や壁のコンクリートに含まれる水と、配管から漏れたナトリウムが反応して爆発を起こし、大事故となる。「ナトリウムが少量漏れても、検出器が作動して運転を停めるので、大規模な破断には至らない」動燃はそう主張していたが、実際に見たもんじゅ内部の光景は、途轍もない不安を抱かせるものだった。

そして、いよいよ証人尋問が始まった。

まず法廷に立ったのは、動燃側証人の近藤駿介。東大工学部原子力学科教授で、国の高速増殖炉開発計画専門部会の委員でもある。後に原子力委員会の委員長にもなる、原子力ムラの大物だった。

主尋問で、近藤は次のように証言し、国や動燃の意見を代弁した。

「日本のようなエネルギー消費大国であって、かつその技術立国を標榜しているわが国は、まさに技術のかたまりとも言うべき原子力、とくに高速増殖炉の開発は、将来性を信じつつ、これを人類のために建設運転し、使えるものとして示していくことが、我々の使命であると考えているところであります」

一方、反対尋問では、住民側の弁護士五人から「燃料棒」「崩壊熱の対策」「安全審査」

「核燃サイクル」などの重要事項について鋭く問われ、ときおりうろたえたように見えた。

次に法廷に立った動燃側証人は、もんじゅの設計に関わったという触れ込みでやって来た、川島協（動燃訴訟対策室）だった。主尋問で、川島はナトリウムの漏洩事故への対策について問われ、こう証言した。

「もし漏洩が起こるとすれば、非常に微小な漏洩から進展するということで、漏洩検出によって、配管の健全性を確保していくということにしています」

いわゆる「ＬＢＢ（Leak befor Break）＝破断前漏洩」の考え方を披露したのだ。傍聴席にいた京大原子炉実験所の小林は、苦々しい思いでこれを聞いた。

「何ていう形式的な、甘い事故想定なんだ。動燃特有の体質がもろに表れている……」

前述のとおり、八七年にはイギリスの高速増殖炉ＰＦＲで、伝熱管一本の「ギロチン破断」がわずか八秒の間に三九本の破断に波及するという事故が起きていた。もんじゅでそうした事態が起きる可能性はないのか。川島の証言は、動燃の危機感のなさを露呈していた。

続く反対尋問で、川島は住原告住民側の弁護士からこう問われた。

「もんじゅの燃料は、軽水炉と比較して作りにくいのではないか？」「使用済み燃料については、もんじゅの敷地内にとどまっているだけで、再処理は難しいのではないか?」

これに対して川島は、「覚えていない」「今は、はっきりとは……」などと、まともな回答をせず、逃げ回った。

一〇月一一日には、原告住民側の証人として、小林が証言台に立った。証言のテーマは「高速増殖炉にナトリウム火災は避けられない」――。まず主尋問で、小林はナトリウムについて、こう証言した。

「やはり、コンクリートとかなり激しい反応をいたしまして、水素ガスを発生したり、あるいはコンクリートを破損させたり、損傷させたり、という被害を与えることになります」

そして、ドイツの高速増殖原型炉「SNR-300」が八四年と八五年にナトリウム火災を起こしたことを例に出し、こう詳細に説明した。

「まず室内で発火して、さらに漏れたナトリウムが屋根のところでも発火した、と。特設の消防隊がすぐ駆けつけたわけですが、消火のために水をまいたわけですね。そうすると相手がナトリウムですから、一種の爆発的な現象が起こって、そこで初めてナトリウム火災だと気づいて、消火を水ではなくて、化学消火に変えたと、そういう経緯があったと記憶しています」

続いて行われた反対尋問では、動燃の代理人が小林にナトリウムの漏れ方について、こう質問した。

「漏れ方は、必ずしも下ばかりではないとおっしゃるのだけど、二次系の圧力というのは、ものすごく低いわけでしょう。そうすると、天井に向かって噴き上げるとか、そういうことは考えられないんじゃないですか?」

これに対し、小林は一向に動じることなく、こう証言した。

「圧力が低いといっても、ポンプの落とし口とか、あるいは、たまたま漏れた口の前方に何か物体があったりして、それに跳ね返るとかが考えられます」

やがて起きることになる、もんじゅのナトリウム漏れ火災事故……。証人尋問で小林が指摘した点は、未来への警告だった。

最高裁判決とあかつき丸寄港

一九九二(平成四)年の七月一七日、もんじゅ訴訟の原告団と弁護団は、東京千代田区・隼町の最高裁判所にいた。

三か月前に最高裁から弁護団に、行政訴訟について「口頭弁論を開きたい」という連絡が入った。一般的に、最高裁で弁論が開かれる場合、二審の高裁判決が覆される公算が高い。名古屋高裁金沢支部が出した「二〇キロでの線引き判決」が見直され、訴えた住民全員に「原告適格」があるとの判断が下される、と思われた。

最高裁第三小法廷で行われた弁論で、住民側は、八六年に起きたチェルノブイリ事故の被害は大きく、もんじゅでも同様の暴走事故が起こりやすいことや、被害が起きても情報が公開されないため、住民は避難できないことを主張。全員に原告適格があることを、強く訴えた。

そして同じ年の九月二二日、最高裁は住民全員に「原告適格」がある、と認める判決を下した。

最高裁は、「もんじゅ炉心の燃料は、ウランとプルトニウムの酸化化合物で、炉心内で毒性の強いプルトニウムの増殖が行われることが明らか」とした上で、訴えた住民全員について「原発の事故がもたらす災害により、生命・身体などに直接的・重大な被害を受けると想定される地域内に居住している」として、原告適格を認めたのである。

原告住民側の完全勝利だった。これにより、行政訴訟の裁判は、福井地裁に差し戻しになった。

同じ一九九二年の秋、動燃本社総務部の西村成生とトシ子夫婦は、久々の休暇を取って、成生の兄夫婦、姉夫婦の計三組で、伊豆に旅行に出かけることになった。「また、いつどこに転勤になるか分からない。東京にいる間に、きょうだい夫婦と一緒に、ゆっくりと温泉にでも入りたい……」それが、成生のたっての願いだった。

ところが、旅行の計画を練る段階で、成生の身辺がにわかに慌ただしくなった。というのも、フランスからの返還プルトニウムの海上輸送が始まったからだった。

日本の原発から出る使用済み燃料は、東海村の再処理工場だけでは再処理が追いつかないため、イギリスとフランスに再処理を委託していた。九〇年代後半には、国内のプルトニウム需要が増し、不足が生じるとの見通しから、動燃は、フランスで再処理・回収されたプルトニウムを再び加工した燃料を買い入れることにした。そのプルトニウム燃料が、一九九三（平成五）年の年明けにも、日本に送り返される予定になっていたのだ。

プルトニウムをめぐって過去に行われた日米交渉の結果、海外から日本へのプルトニウム輸送は「空輸」が望ましいとされていたが、その際に使う適当な容器の開発が進まず、今回は「海上輸送」されることに決まった。輸送に使う船は「あかつき丸」という名で、もとはイギリスの使用済み燃料輸送船だったものを、日本の船会社が購入し、動燃が改造してチャーターした。購入費・チャーター費を併せて十数億円の金は、国費の電源特別会計から支出された。

成生は動燃本社総務部の文書課長として、こうした手続きに関わる書類をほとんど作成した。そして、仕上がったものが国へ提出され、裁可された後にまた手元に戻ってきた。

「え、予約は全部、私がやるの？」トシ子は、そう驚いたように言った。電話口の向こうでは、成生の詫びる声がしている。

もともとは、成生自身が言い出したきょうだい夫婦そろっての旅行計画だった。しかし、宿の手配から列車の切符の購入まで、すべてトシ子にやってほしい、というのだ。

「忙しすぎて、やる暇がない」というのが理由だった。このところ、成生は日付が変わった深夜に、ヘトヘトに消耗しきった顔で帰宅するのが常だった。トシ子はそのことを思い起こし、生命保険のセールスの合間に、成生から依頼された旅行の手配をすべて済ませた。

一一月下旬のある日の夕刻、成生・トシ子らの一行は、伊豆の別荘地にある温泉付きの保養施設に着いた。和室の窓を開くと、ミカン畑越しに相模湾が青く横たわり、ところどころに白波を立てていた。

「いやあ、いいお湯だったわね」「お、この壺焼きのサザエは大きいね」温泉につかって夕食の時間になったが、トシ子は成生が何を話しかけられても、上の空で返事をしているのが気になった。

ちょうどこの頃、フランスのラ・アーグ再処理工場から運び込まれたプルトニウム燃料（およそ一トン）を積んだ「あかつき丸」が、大西洋を南下し、アフリカの喜望峰回りで日本に向かっていた。

翌朝、成生とトシ子の部屋に、フロントから一本の電話が取り次がれた。

「ご主人を出して下さい」電話を取ったトシ子は、名を名乗らない男からそう言われ、傍らで寝ていた成生を起こして、電話に出させた。すると、成生の表情は急に険しくなり、電話を切ってからトシ子にこう告げた。「今から、本社に行くことになった」

トシ子は耳を疑った。「今日これから、紅葉見物や海岸の散策に出かけるところだというのに……」今にもそう口に出して言いたかったが、黙って成生が帰る準備を手伝った。

この日の朝刊には、次のような見出しの記事が載っていた。

「核輸送船あかつき丸　帰港先は茨城・東海港／九三年一月上旬に」（読売新聞）

日本政府は当初、輸送船を特定されると核物質防護の上から適当ではないとして、船名をはじめ、航行ルートも明らかにしていなかった。しかし、「あかつき丸」が動燃のプルトニウム燃料工場がある東海村の東海港へ入港することが、新聞のスクープで公になってしまった。成生が急遽、休暇先から本社に呼び戻されたのは、この突発事態への対応にほかならなかった。

翌一九九三（平成五）年の一月五日、プルトニウム燃料を積んだ「あかつき丸」は、東海港に入港した。フランスを出発してから、五九日後のことだった。港は、東海原発を持つ「日本原電」の専用港で、原電の敷地内を走る専用道路で動燃の東海事業所と結ばれている。港近くで反対派およそ八〇〇人が集まり、抗議の声を上げたが、プルトニウム燃料は船からトラックに積み替えられ、動燃の再処理工場へと運ばれていった。

核燃料サイクルと著書出版

それからおよそ三か月後の九三年四月二八日、青森県六ケ所村に建設予定だった「使用済み核燃料・再処理工場」が、いよいよ着工のときを迎えた。下北半島の一漁村を「核燃料サイクル基地」とするべく、前年に設立された「日本原燃株式会社」により、ウラン濃縮工場や放射性廃棄物の処分・埋設施設とセットになった建設が、具体的に進んでいた。

「核燃料サイクル」とは、原発の使用済み核燃料を再処理して、新たに高速増殖炉の燃料として利用することをいう。「再処理工場」は、このサイクルに欠かせない施設だ。各地の原発から持ち込まれた使用済み核燃料がここで再処理され、その結果、プルトニウムが燃料集合体に加工され、高速増殖炉で利用される。その際に、使った分量以上のプルトニウムを生み出す「夢の増殖」の実現が期待されていた。

この時期、商業用として再処理工場を運転しているのは、イギリスとフランスだけだった。アメリカは、再処理を行わず直接埋設する政策に転換していた。

日本は英仏に再処理を委託する一方、増加する再処理需要に対応するため、国内に一年に八〇〇トンを処理できる規模の、大型再処理工場を建設しようとしていた。すでにある動燃東海再処理工場は、一年に二一〇トン規模と小さく、六ケ所村の再処理工場とは、タイプも異なっていた。

京大原子炉実験所助教の小林は、この年五月に五四歳となった。そして、ちょうどこの頃、自身初めてとなる著書を執筆中だった。

「……高速増殖炉のバブルも弾け、世界はようやく現実に気づきはじめた。米国は一九八三年に開発を断念し……最先端を走っていたフランスも、世界唯一の実証炉スーパーフェニックスの事故（九〇年）を契機に、事実上計画からの撤退を決めた。遅れて開発競争に参入した日本だけはいまだ夢さめやらず……」

ここまで書いたところで、いったん小林は原稿用紙の上にペンを置いた。もんじゅ訴訟の提起から、すでに八年。原告の住民側証人になることを決めてから、高速増殖炉についての文献・資料を読み込み、頭に叩き込んでいた。「高速増殖炉の問題点を、まとまった一つの形にしておけば、今後の裁判にも役立つはずだ」原告団やその支援者たちからの勧めもあり、小林は、自らが深めた知識や考察を本にすることにした。

書きかけの原稿の中には、再処理工場について記した箇所もある。

「再処理工場の危険性は、平常運転時でも、原発より桁ちがいに大量の放射性物質を放出し環境を汚染することである。再処理工場から放出される放射能量の年間管理値を原発と比較すると、動燃東海再処理工場から放出する放射性希ガスの管理値は、東海第二原発の六四倍、青森県六ケ所村に建設中の再処理工場は、実に二三六倍である……」

原発の場合、環境へ放出される放射能が平常時より一割あるいは二割増えただけで事故である。しかし、再処理工場は、平常時にそれよりも一桁も二桁も多く放射能を放出する。

いわば、原発が毎日事故を起こしているようなものである。小林はこうも記す。

「再処理工場では、原発から運ばれてきた使用済み燃料が細かく裁断され、高温の強い酸でいったん、すべてドロドロに溶かされる。原発内ならペレット——被覆管という「二重の障壁」内に閉じ込められていた死の灰が、ここでは「障壁」を取り除かれて解放される。死の灰には、放射性のクリプトンやキセノン、放射性ヨウ素など、障壁がなければ留めようのない物質がたくさんあり、これらは一斉に野に放たれることになる……」

つまり、原発の安全をアピールするときに必ず言われる「何重もの障壁」が、再処理工場にはない。むしろ「障壁を除く」ことが目的なのである。小林は再び手を止めた。

「再処理工場では、使用済み核燃料を溶かすときに、温度を高温にした塩酸や硝酸を使う。その強烈な酸化に、やはりプラントが耐えられない。こういう技術面で解決し難いネックが、やっぱり再処理工場にはある。ちょうど高速増殖炉におけるナトリウムと同じように」

小林が精魂を込め、ほぼ一年がかりで書き上げた原稿は、翌九四年二月に単行本として出版された。書名は『高速増殖炉もんじゅ　巨大核技術の夢と現実』（七つ森書館）——。以後、原発（高速増殖炉を含む）の反対運動に取り組む幾多の人々にとって、必携の書と

著書を手にする小林圭二
（1994 年）

なった。
その後もんじゅは、「総合機能試験」の間に設計ミスや燃料製造の失敗が重なり、初臨界は当初予定の九二年一〇月から九三年三月へ、そして九三年一〇月へと延期が繰り返され、結局、九四年四月五日に初臨界を迎えた。そして、運命を分ける一九九五年がやってくる……。

第三章　もんじゅナトリウム火災事故

大地震ともんじゅ

一九九五（平成七）年一月一七日の未明、兵庫県南部を震度七の大地震が襲った。ビルや高速道路は倒壊し、街は炎に飲み込まれた。この地震により六四〇〇人以上が死亡した。「阪神・淡路大震災」である。

地震発生直後、高速増殖炉もんじゅのある福井地方も、震度四の揺れに見舞われた。もんじゅは、前年四月に臨界を達成後、本格運転に向け準備をすすめている最中だったが、動燃は「機器や設備の安全性は確保されている」と発表した。

京大原子炉実験所の小林圭二は、当日の朝、大阪府熊取町にある自宅で大きな揺れを感じ、布団から飛び起きた。兵庫県南部が震源とのことだったが、もんじゅのことが気にかかった。

「大丈夫だろうか。もんじゅは地震に弱いからな……」

もんじゅ訴訟で弁護団は、もんじゅの西側五〇〇メートルにある「白木《しらき》‐丹生《にゅう》リニアメント」（リニアメントは、空中写真で地表に認められる直線の模様）は、活断層の疑いがあると指摘していた。しかし、動燃はこれを否定。裁判の中で争点のひとつになっていた。小林は、もんじゅが一般の軽水炉と比べ、耐震性に不安があると警告してきた。

「もんじゅは、ナトリウムを冷却材に使うので、軽水炉に比べて二〇〇度も高い五三〇度で運転される。熱対策のため、軽水炉に比べて配管の厚みがないように作られているが、厚みのないものが衝撃に弱いのは当たり前だ。もし、もんじゅの側を走る活断層が動いたら……」

弁護団は地震の専門家の意見として、この活断層が動いたときにはマグニチュード六・九の直下型地震が起きる、と主張していた。

動燃の西村成生は、阪神・淡路大震災が起きた当日、茨城県東海村の寮にいた。その二年前の九三（平成五）年四月に、再び転勤で東海事業所の管理部長になった。東海事業所での勤務は、三〇代の頃に二年間勤務したのに続いて二回目だ。前回は家族をともなって赴任したが、今回は単身赴任だった。

「地震で、ここまでの被害が出るのか……」地震の被災地から届くニュース映像に、成生は言葉を失った。当時、揺れを感じる地震が起きる回数は関東地方で多く、関西地方ではむしろ「地震は起きない」とされていた。そんな風説を吹き飛ばす衝撃に、成生も「もんじゅ」の行く末を危惧した。

「これから本格運転に向けて、いろんな試験を行っていこうという時に……」

こうした状況を受けて、二月一二日に大阪市内で「もんじゅ稼働」についての公開討論会が行われた。反対派と推進派の双方が出席し、当時の自・社・さ連立政権の田中真紀子科技庁長官も、途中から会場にかけつけた。

「もんじゅ直下で、阪神・淡路大震災クラスの直下型地震が起きたらどうするのか」と、反対派はこう迫ったが、科学技術庁や動燃ら推進派の返答はにべもない。

「もんじゅ付近に活断層はなく、大地震が起こることはない」

結局「双方向の対話を継続する」ということで討論会は終わり、およそ半年後の八月二九日、もんじゅは初めての発電・送電を行った。「もんじゅ初送電」のニュースは日本中をかけめぐったが、実際には、出力五パーセントで一時間だけの「セレモニー」に過ぎなかった。

その日、小林は腹立たしい思いでいた。「今日だけ、それもわずか一時間で、法律上は運転したとみなされる。既成事実をつくって、いかにも後戻りができないように宣伝するのが、国や動燃のやり口だ。国民は騙されてはいけないのだが……」

この「発電開始」により、もんじゅには六〇億円を超す固定資産税（地方税）が、来年度から課税されることになった。もちろん、その金は国費で賄われ、地元・敦賀市に落ちるのである。

一〇月一日付で、動燃の西村成生は人事異動の辞令を受け、本社に戻ることになった。今度のポストは総務部次長、出世の階段を順調に上っている……。誰の目からも、そう見えた。

行政訴訟の証人尋問

もんじゅが本格運転に向け、最終的な調整をしている一方で、裁判も進行していた。一一月八日には、福井地裁で、もんじゅの行政訴訟の第一五回口頭弁論が行われた。「原告適格」をめぐって漂流した行政訴訟は、九二年秋から民事訴訟と併合して行われるようになっていた。この日の法廷では、国側証人で日本原子力研究所（原研）東海研究所副所長の齋藤伸三への主尋問が行われた。齋藤は、科技庁の原子力安全技術顧問として、もんじゅの安全審査にも関わった。

国側代理人は、原告側が指摘しているイギリスの高速増殖炉「ＰＦＲ」の事故について、斎藤に聞いた。

「イギリスのＰＦＲでは、八七年二月、蒸気発生器の伝熱管一本のギロチン破断が、わずか八秒の間に三九本の破断に波及するという現象が起きていますね？」

斎藤は、はっきり淀みなく答える。

「その原因は、蒸気発生器の内筒の構造に、設計上の問題があったことによります。また、水蒸気の漏洩を検知できなかったうえに、それを管の外へすばやく抜く「急速ブロー」の性能も備えていませんでした」

事前に予行演習したことがうかがえる。そして、齋藤はこう付け加えた。

「これは、きわめて特異な条件下で起こった、特異な現象です」

要するに、蒸気発生器伝熱管のギロチン破断は、イギリスのＰＦＲ固有の現象で、高速増殖炉一般の話ではない。同じことは、もんじゅでは起こらないというのである。

もんじゅの安全審査では、伝熱管一本のギロチン破断が他の三本の破断へと波及する事故を想定しているだけだった。しかし、「実験結果から見て、四本破断で十分保守的である」と齋藤は証言した。

原告住民側は、ＰＦＲの事故に鑑み、もんじゅの安全審査をやり直すべきと主張していたが、国側は断固阻止しようとしていた。

また、齋藤はナトリウム漏れ事故について問われ、こう証言した。

「配管の破損については、十分な発生防止対策が取られているので、その設計条件下では考えられないことです。もしナトリウムが漏洩しても、早期にナトリウム検出器によって検出され、原子炉を停止し、その循環ポンプの主モーターを止めるので、大きな破損に至ることは考えられません」

齋藤は、最後にこうも証言した。

「施設の健全性が損なわれることはないとの結論は、妥当な結論だと判断しました」

しかし、このわずか一か月後、もんじゅは施設の健全性を大きく損なう事故を起こす。

運命のナトリウム火災事故

一九九五（平成七）年一二月八日、午後七時四七分ごろ――。もんじゅの中央制御室に、ビーっという警報音がけたたましく鳴り響いた。制御盤には「温度高」のランプが灯っている。同時に、二次冷却系の火災報知機も作動し、しばらくすると「ナトリウム漏洩」を示す警報も鳴った。

職員が二次冷却系の配管室に急行して、扉を開けると、室内には白い煙が充満していた。ナトリウムが漏れて、空気中の酸素や水と反応したのは明らかだった

「煙、発生！」所内電話で状況が当直長に伝えられる。当直長は、上司であるプラント第一課長と電話で連絡を取り、原子炉の圧力を徐々に下げるよう、運転員に指示した。

しかし、八時半ごろから、また多数の火災報知器が作動した。配管室では白い煙が明らかに増加していた。原子炉の緊急停止が必要と判断した当直長は、プラント第一課長の了承を得て、九時二〇分に手動での緊急停止を運転員に指示した。事故発生から、一時間半が経過していた。

漏れたナトリウムは、炉の中の核燃料に直接触れる「一次系」のものではなく、タービンを回す水・蒸気に熱を伝える「二次系」のものだった。放射能汚染に至らずに済んだのが、唯一の救いだった。

この日は金曜日。小林圭二は京大原子炉実験所での勤務を終え、自宅で食事中だった。午後八時半過ぎにかかってきた電話は、ＮＨＫの記者からの問い合わせだった。記者は「もんじゅの配管系からナトリウムが漏れた」ということを小林に伝え、コメントを求めた。

小林は電話口で、記者にこうコメントした。

「動燃はもんじゅ設置にあたって、ナトリウム漏れ事故を想定して、それにも耐えられるという審査申請書を出しているわけです。それを見ると、防止対策が完璧に取られて、火災にはならないと書いてあるんですよ。実際に事故が起きたのは、それが偽りだったということの証です」

あれほど小林が警告していた、ナトリウム漏れによる火災事故が、まだ本格運転も始まらないうちに起きてしまった。「来るべきものが、ついに来た」と、小林は無念さを噛みしめながらも、配管のどの部分からナトリウムが漏れたのか、が気になった。ただ、この時点では電話をかけてきた記者も、そこまでの詳しい情報を持ち合わせていなかった。

午後一一時から、霞が関の科学技術庁で、動燃の会見が行われた。しかし、動燃の担当者は「詳しい発生箇所は不明。現場ではナトリウムを抜く作業を行っている」と繰り返すだけだった。

動燃総務部次長の西村成生に、もんじゅ事故の一報がもたらされたのは、日付が変わってからだった。

この日、総務部の忘年会が開かれた。一次会を赤坂近辺で開いた後、二次会は銀座方面に流れた。なじみの店をはしごして深夜になり、成生はタクシーで千葉・柏市の自宅まで戻った。

すると、妻のトシ子から「動燃から電話があった」と聞かされた。悪い予感がした。しばらくして、もう一度かかってきた電話に出ると、技術系職場の人間がこう言った。

「もんじゅでナトリウム漏れ事故が起きました」

成生は絶句した。事故発生は昨日の晩八時前だという。すでに五時間以上が経っている。動燃本社にマスコミの記者が詰めかける様子が、目に浮かんだ。「だから、みんなに携帯電話を持たせておけって、言ったじゃないか！」成生は、電話口でそう怒鳴った。初動の遅れは明らかだった。

翌一二月九日の土曜日からは、事故現場であるもんじゅの施設内と、東京の動燃本社とに、二元で会見場が設けられた。

「格納容器から二、三メートル離れた部分で、配管から二、三トンのナトリウムが漏れた。およそ五メートル下の床に落ちたナトリウムは、空気中の酸素や水と反応して化合物となり、半円形状に白く固まって付着している」

動燃は、漏れの場所および被害状況について、写真や一分間のビデオを公開してこう説明し、火災の発生は否定した。地元の福井県は動燃に対し、事故の通報が発生から一二時間後と大幅に遅かった、と強く抗議し、原因究明を徹底的に行い、対策を講じるよう申し入れた。

事故の真相

事故から三日後の一二月一一日、週明けの月曜日。福井県と敦賀市は安全協定に基づき、もんじゅに対する立ち入り調査を強行した。昼間に行くと動燃側が現場の状態を変更して隠す怖れがあるため、深夜から早朝にかけて「夜討ち」をかけた。

福井県は現場でビデオも撮り、直ちにマスコミに広く公開した。そこに映っていたのは、火災により生じた、おびただしい量のナトリウム化合物だった。それらは、配管部からその下の空調ダクトや足場に分厚くべっとりと付いて垂れ下がり、床に小山のように堆積していた。

空調ダクトには、火災の熱で溶かされたと思われる直径一メートルほどの大きな穴が開いている。鉄製の足場にもまた、直径三〇センチほどの穴が開いている。

塗料はいたるところで燃えて黒く変色し、室内すべてが新雪をかぶったように、ナトリウム化合物の堆積で真っ白になっていた。先の動燃のビデオや説明とはまったく違う、見るも無残な光景だ。

ナトリウム漏れは、二次冷却系の配管に取り付けられている温度計周辺で起きた疑いが強かった。しかし、その温度計自体は、付着したナトリウム化合物の塊に隠れ、まったく見えない状態だった。

この事実を突き付けられた動燃は、新たに四分間に編集したビデオを公開した。しかし、これがマスコミ記者たちに「まだ何か隠しているのではないか」と、疑念を抱かせる結果となった。

福井県は事故後の操作手順についても、動燃に確認した。事故直後、運転員はゆるやかな出力降下による原子炉停止を行っていた。しかし、火災警報が発報した場合は、直ちに原子炉を「緊急停止」するよう運転マニュアルには記載されていた。県は動燃に対し、「運転マニュアル違反である」として、強く改善を指導した。

同じ日、京大原子炉実験所に出勤していた小林のもとを、朝日新聞の記者が訪ねてきた。「ナトリウムの漏洩箇所である温度計の図面を手に入れたので、漏れの原因を検討してもらえないか」と頼まれた。

図面を見ると、小林はあっと声を上げた。

温度計は細長い棒状の物体で、刀でいう鞘のような「さや管」に納められている。そして、その状態のまま、保温材で覆われた二次冷却系の配管の上から、串を刺すようにして、配管内のナトリウム中に突っ込まれている。配管内でナトリウムに触れる部分の長さは一八・六センチで、先端から一四・八センチの部分にかけては、一段くびれて細くなっている。配管内を絶えず高温のナトリウムが流動して、この「さや管」の先端部と接触していることを考えれば、ここが金属疲労を起こして弱点になるのは明白だった。

配管自体は保温材で覆われているため、ナトリウムが漏れてもすぐには外部環境に出にくくなっている。しかし、配管内に突き出た「さや管」先端部がポキリと折れたら、保温材に覆われていないその損傷箇所を通して、ナトリウムは外部環境に直接出てしまうことになる。

「あのナトリウム配管に突っ込んだ温度計が振動して割れたのか……。そういう漏洩のルートがあったのか」

小林は、盲点を突かれたように感じた。

動燃は、もしナトリウムが漏れても、しばらくの間は保温材との間に溜まり、早期にナトリウム検出器によって検知する、としていた。もし漏洩が起こるとすれば、非常に微小な漏洩から進展する「LBB（Leak befor Break）＝破断前漏洩」という考え方だ。

しかし、小林はこう思った。「今回の事故は、おそらく温度計の破損により、微小ではないナトリウムの漏れが、いきなり起こったに違いない」事故時にナトリウム漏れ警報よりも先に火災警報が鳴ったという話にも、それで納得がいった。

動燃が想定もしていなかった、温度計の「さや管」破損部からの漏れにより、大量のナトリウム漏れが起こった後に、ナトリウム検出器が作動した。つまり、「LBB」を前提とする動燃の安全対策は、まったく役に立たなかったのである。

一一日の晩、西村成生は憔悴しきった様子で、三日ぶりに帰宅した。

「マスコミが大挙して押し寄せて、仕事にならないぐらい大変なんだ」成生からそう愚痴をこぼされ、トシ子は頷きながら言った。「そうね、総務部は会社の窓口。四階の一番メインの場所だものね……」

本社の報道対応は、総務部と同じ階にある広報室が行っていたが、何しろ大変な記者の数である。広報室に案内するだけでも、職員を挙げての対応になった。記者だけではない。原子力関係者や業者、反原発団体も次から次へとやって来た。

もともと動燃に勤めていたトシ子は、成生をはじめ管理部門の職員たちの右往左往ぶりが、容易に想像できた。先週末、事故の一報を受けて夫が夜中に出ていった後、トシ子は翌日の新聞やニュースで、もんじゅに何が起こったのかを知った。

「とにかく普通じゃない大きな事故ってことは確かだわ。動燃はどうなるのかしら」不安に思ったが、疲れて帰ってきた成生に、そんなことは尋ねられなかった。

マスコミによる動燃の隠蔽体質批判は、日に日にボルテージを増していた。それを受けて、世間の風当たりも強くなってきていた。布団の中で泥のように眠っている夫の顔を見ながら、トシ子はどうすることもできない自分自身を情けなく思った。

翌一二日になり、動燃は新聞・テレビの記者に、もんじゅの配管室をはじめて公開し、科技庁も「温度計の溶接部からナトリウム漏れの可能性」を認めた。村山改造内閣の浦野烋興《やすおき》科技庁長官は、当日朝の閣議後の会見で「日本が置かれている情勢から、高速増殖炉は堅持していく」と述べ、事態の沈静化を図った。しかし、事はそれで収まらなかった。

さらなる隠蔽の発覚

事故から一〇日後の一二月一八日、動燃は科技庁に事故の中間報告を行った。

しかし、そのわずか二日後の二〇日夜、動燃の大石理事長が、科技庁で緊急会見を行った。この日、動燃が事故直後に撮影して四分間に編集されたビデオは、ナトリウムの漏洩箇所を意図的にカットしていた、という事実が発覚したためだった。

事故の翌日、動燃は一分間だけのビデオをマスコミに公開。その二日後には、四分間のビデオを公開して「撮影はカメラ一台で行い、これがすべてだ」と説明していた。ところが、実際には撮影はカメラ二台で行い、合計でおよそ一五分間の映像をビデオに収録していた。事実が発覚したのは、福井県や敦賀市が「他にも映像があるのではないか」と現地の動燃職員を追及し、動燃側が隠しきれなくなったからだった。

「意図的に編集したと思う。情報公開を進めなければならないのに、極めて遺憾な事態を起こし、申し訳ない」大石理事長は、困惑の表情でそう謝罪した。

翌二一日には、動燃本社の安藤隆理事が会見し、ビデオを短く編集するよう指示したのは、大森康民・もんじゅ建設所長で、実際に編集したのは佐藤勲雄副所長だったと説明。「説明なしにすべて公開すると、映像だけが独り歩きすると思った」というのが、映像を隠した理由だった。

二二日になって、科技庁の調査団がもんじゅ現地での立ち入り検査をし、存在が隠されていた一五分間のビデオを押収、夕方にビデオを公開した。そこには温度計以外にも、配管や空調ダクトに漏れたナトリウムの化合物が積もり、足跡がくっきり映っている様子など、事故の核心を示す映像が含まれていた。

また、動燃は事故後、現場に入室した時間を「九日午前一〇時ごろ」と報告していたが、実際には報告より八時間も早い「九日午前二時一五分ごろ」であり、このときにビデオ撮影もしていたことが分かった。結果的に、動燃は科技庁に提出した中間報告書に、虚偽の記載をしていたことになる。ウソを上塗りして「情報公開」を踏みにじる行為に、社会の動燃への不信は極まった。

この間に、動燃総務部次長の西村成生は、ある重要な任務を引き受けていた。

大石理事長が緊急会見した翌日の二一日、成生は総務担当の大畑宏之理事から、こう告げられた。「西村くん、もんじゅの社内調査メンバーになってくれ」聞けば、大石理事長の特命だという。断るわけにはいかなかった。社内調査のメンバーは、この時点で二人。前年に科技庁から来た鈴木治夫技術協力部長が団長、プロパー職員の西村成生が副団長とされた。

その日、夜遅くに柏の自宅に戻った成生は、玄関で靴を脱いで居間に入ってくるなり、トシ子の顔を見てこう言った。「とうとう、もんじゅ担当にされてしまったよ」

よほど嫌なことのように言った成生の表情に、トシ子は驚いた。今や、新聞でもテレビでも、もんじゅのビデオ隠しの問題がトップニュースとして取り上げられている。そして、動燃という組織の体質そのものが問われている。その渦中で、一連の問題の社内調査メンバーになることの大変さといったら……。

「でも、かばいようがないわ。他のことならまだしも」

胸に針を刺されるような気持ちがした。成生が何とかこの場を乗り切ってくれることを祈った。

翌二二日の金曜日。早速、成生ら社内調査チームは、もんじゅのある敦賀市へと向かった。そして休日返上で二三日から二四日にかけ、当時の担当者や関係者から事情聴取を行った。

その過程で、ある関係者が当時の記憶として話したのは、思いもかけない事実だった。

――じつは本社にも、発生翌日の未明に撮られた、いわゆる「二時ビデオ」は持ち込まれていた。

深まる闇

西村成生がもんじゅで聞き取り調査をしていた週末の二四日、大阪・熊取町の京大原子炉実験所では、「原子力安全問題ゼミ」が開かれていた。

この日のテーマは「もんじゅ事故」。講師を務めるのは、実験所助手の小林圭二だ。

「もんじゅの事故は、起こるべくして、起きてしまいました」

ゼミナール室に集まった五〇人近い参加者を前に、小林は沈痛な面持ちで話す。

「火災警報が鳴って、現場で白煙の発生を確認したにもかかわらず、ナトリウムが漏れた量を過小評価し、その後も一時間半にわたって原子炉の運転を続けていたんです。火災の拡大を知って原子炉を緊急停止しましたが、その際に空調を手動で止めず、三時間半も回しっぱなしにしていたので、さらに火災が広がったわけです」

配られたレジメには、次のような指摘・分析が記されている。

・事故の直接的な原因である「さや管」の破損は、初歩的な設計ミスの結果である。
・運転員の対応の拙さ（＝大量のナトリウム漏れにもかかわらず、原子炉を緊急停止してナトリウムを取り除こうとしなかった）により、事故が拡大した。

小林の批判の矛先は、動燃という組織の体質にも向けられる。

「まず縦割り構造の官僚的組織なんですよね。その中での人間関係とか勤務体系というのは上意下達であって、相互に批判するということがないから、どうしても秘密主義になってしまう……」

こうした組織の体質が、今回の事故処理に如実に表れたと、小林が続ける。

「たとえば実験装置でトラブルが起こったとき、それを止めるなり動かし続けるなり、状況判断を独自に行って、それにふさわしい収束のさせ方をするというのは、研究組織の場合、当たり前にやるわけですよね。ところが動燃の場合はそうじゃない……」

小林は、ここで声に力を込めた。

「ナトリウム火災が起こって、ドアを開けて白い煙が出ていたら、すぐ原子炉を停止しなきゃいけないし、ナトリウムは全部急いで抜かなければならない。そうマニュアルにちゃんと書いてあるのに、まず上の指示を仰ぐ。要するに、官僚統制による上位下達のほうが先に来る。それが事故対応の失敗を招いたんですね」

実験所で、小林は日々原子炉の運転に携わっている。その自分自身の感覚からすると、メインの冷却系で火災が起こっているのに、原子炉をなお緊急停止させずに動かすというのは、考えられないことだった。緊急停止を避けたがるのは、それによって原子炉が熱による衝撃を受ける機会を減らしたいと配慮したからだろう——小林はそう推測していた。

しかし、もんじゅは試験炉であって、電力会社の原発と違い電力供給の厳しい規制を受けるわけでもない。推測どおりだとしたら、その配慮が現実の事故への対応を甘くし、かえって事故を大きくしてしまったことになる。

「ナトリウム火災を起こして、しかもそれを、外部に対してはビデオ隠しをして隠蔽しようとしている。ここまでの流れがすべて、官僚体質そのものなんですね」

小林はそうバッサリと切り捨て、話を終えた。

週が明けた翌二五日の昼、西村成生は敦賀から戻ったその足で、動燃本社に出社した。社内調査グループの鈴木団長は、本社にも「二時ビデオ」が来ていることを、大石理事長に報告。「本社関係者からも詳しい事情聴取をするように」との指示を受けた。

これを受け、午後から本社の関係者からの事情聴取を開始した。午後二時から動力炉開発推進本部もんじゅ計画課員M、午後五時から同本部もんじゅ計画課長代理Y、各々の話を聴いた。

そして、二人の話から新たな事実が判明した。事故翌日の一二月九日、「二時ビデオ」をもんじゅ計画課長Tが夕方敦賀発の列車で本社に持ち帰り、その場で本部職員十人ぐらいで視聴した後、管理課員Iの机に保管していた、というのだ。

「そのビデオを持ってきてもらえますか」二人から事実を告げられた成生がそう言うと、Y課長代理は問題の「二時ビデオ」の現物を持ってきて、差し出した。先週末に科技庁が公開したのと同じ、一五分間の映像だった。現地で撮られたものがコピーされて本社に持ち込まれ、「本社保管版」として隠されていたのだった。「これで、ビデオ隠し問題への本社の関与が、動かせない事実になってしまった……」成生は、自分がとんでもない重荷を背負わされたことを、改めて悟った。

この日、大石理事長は調査グループの鈴木団長から、ビデオ隠し問題への本社関与を公表するよう進言された。しかし翌二六日、動燃は中間報告書での虚偽報告を訂正して科技庁に提出したが、本社関与の事実は伏せられたままだった。

「今考えれば、すぐに原子炉を止めるべきであったと思います」二七日午後に開かれた参議院の科学技術特別委員会で、大石理事長は参考人として招致され、そう答弁した。

この時点で、「本社もビデオ問題に関与していたことが分かった」と公表することも可能だった。しかし、そうはならなかった。

大石理事長は、事故時の対応や地元自治体への通報態勢の不備について陳謝したが、ビデオ隠し問題にはついては「情報提供の重要性について、職員の意識改革を図らなければならない」と述べただけに留まった。隠蔽の闇はさらに深まり、この年が暮れていった。

破綻への秒読み

一九九六（平成八）年が明けた。そして五日の午後、政局が大きく動いた。

村山富市首相が「人心一新」を理由に辞意を表明し、急遽、自・社・さ連立与党内で今後の対応が検討された。そして、与党第一党の自民党総裁・橋本龍太郎通産相を次の首相に推す流れが作られた。

一方、動燃のビデオ隠し問題は、前月一二月二三日付で、大森もんじゅ建設所長と佐藤副所長の二人が、また二八日付で現場担当の高橋忠男理事が、それぞれ人事更迭された。しかし、それで問題の幕引きとなるはずもなく、大石理事長の特命による社内調査の結果発表が待たれていた。マスコミの関心は、ビデオ隠し問題に本社関与があったかどうかに移っていた。

社内調査グループは、五日に総務部文書課の職員が一人増員され、計三人になった。副団長である西村成生は、翌六日の土曜日から一泊二日で、福井・敦賀のもんじゅ建設所に二度目の調査に赴いた。

事故翌日の一二月九日に「二時ビデオ」が本社に届いていた……。

ずるずると先延ばしになっているが、いずれこの事実は公表せざるを得ない。「俺の仕事は、その時に備えて、事実関係をまとめた報告書を上げることだ」成生は、「二時ビデオ」が撮影されて本社に届けられた経緯を、改めて建設所の関係者から聞き取り調査した。

そして、七日の夜には東京本社に戻り、調査で判明した事柄を時系列でまとめる作業に取りかかった。「今日は家に帰れないから、明日、会社に着替えを持ってきてほしい」妻のトシ子が、電話で成生からそう頼まれたのは、もう日付が変わろうかという時刻だった。「背広上下に、あとはワイシャツに下着と。これでよし」週明け八日の月曜日、トシ子は成生の着替え一式を手提げの紙袋に入れて、柏の自宅を出た。電車と地下鉄を乗り継いで、赤坂の動燃本社に着いたのは昼前だった。あいにく成生は社内にはおらず、トシ子は対応に出た総務部員に「この荷物を西村に渡して下さい」と、託して帰った

成生はその日、社内調査の概要を大畑理事らに報告した。聞き取りを行った関係者は、延べ六〇人に上っていた。翌九日の火曜日も、まる一日かけて調査報告書の作成に当たり、一〇日の水曜日には報告書がほぼ出来上がった。しかし、前月二五日にE計画課長代理がビデオを提出したことは、敢えて報告書には記載されていなかった。この日、成生は家に戻らず、徹夜で報告書を完成させ、翌一一日の木曜日夕方、大石理事長に提出した。

「橋本龍太郎さんを、内閣総理大臣に指名することに決まりました」同じ頃、衆議院本会議で土井たか子衆院議長がそう宣言していた。自・社・さ連立の第一次橋本政権がスタートしたのである。その後の組閣で、科技庁長官には自民党の中川秀直が就任することに

なった。

この日の夜八時、動燃から成生ら数人が科技庁に赴いた。そして、原子力局や原子炉規制課の担当者らと、ビデオ問題の調査結果の公表について深夜まで協議した。科技庁は、ビデオ隠し問題における動燃の隠蔽体質に不快感を隠さず、社会問題化した状況に、何とか終止符を打とうとしていた。

協議の席上、科技庁は、会見を開いてビデオ隠し問題を公表したら、マスコミから次のような点を問われると指摘した。

・一二月九日深夜の時点で、本社で二時ビデオを見たのは何人いたのか？
・本社として二時ビデオの存在を認識したのはいつか？
・二二日に現地で発見された際に、なぜ本社でも気づかなかったのか？

その上で、「問題について、新しい大臣に十分説明する必要がある。また、科技庁が動燃より先に、プレス発表する可能性もある」と示唆した。

日付が変わった金曜日の午前零時過ぎ、首相官邸では初閣議を終えた橋本首相と各閣僚が、記念撮影に納まっていた。

科技庁から公用車で動燃本社に戻った成生は、急いで自宅に電話をかけ、受話器の向こうのトシ子にこう言った。「もうすぐＮＨＫで中川科技庁長官の就任会見が放送されるから、ビデオで録画しておいてくれ」

ビデオ問題を公表する時が迫っていることは、確かだった。しかし、それがいつになるかは、永田町および霞が関の動きと複雑に絡み合い、見通せなかった。

三回の会見

翌一月一二日は週末の金曜日で、西村トシ子は朝七時前に起きて、台所で洗い物をしていた。

前日の晩、夫から科技庁の中川長官の就任会見をビデオ録画するよう頼まれた。録画をスタートさせたまま自分は寝てしまったが、多分夫は夜遅くに帰ってきて、ビデオを見てから寝たのだろう。

「昨日の電話では、今日は一〇時に会社に行けばいい、とも言っていたわね。じゃあ、もうしばらく起きてこないはずだわ」そう思いながら台所仕事を続けていると、トントントンと二階から階段を下りてくる足音が聞こえた。成生に違いなかった。

台所から顔をのぞかせてようかとも思ったが、成生が洗面所で顔を洗っている様子だったので、声はかけずにコーヒーの用意をすることにした。成生は平素から朝食をとらず、コーヒーだけを飲むのが習慣だった。トシ子がコーヒーを注いだカップを食卓に置いてしばらくすると、ガチャっと玄関扉を開ける音がした。「あれ？　成生さん、出ていくんだわ」トシ子は玄関のほうを振り向いた。すると、背広姿の成生の背中だけが見えた。成生はコーヒーを飲むことなく、そのまま出勤していったのだった。

これが、トシ子が見た成生の最後の姿となった。


この日の午後四時過ぎ、中川科技庁長官が閣議後の記者会見で、「二時ビデオ」が動燃本社に持ち帰られ、本社動力炉開発推進本部の者も見ていた、と発言した。

「前長官にも報告がなく、極めて遺憾だ。こうしたことが二度と起こらないよう責任問題も含めて、厳格な対応を取りたい」そう強い口調で述べた中川長官だったが、前日の科技庁と動燃の協議の内容から考えると、予定どおりの展開だった。つまり、科技庁が先にカードを切ったのである。

これに呼応するように、動燃も四時から科技庁で会見を行うとしたものの、開始は二〇分近く遅れた。会見場に現れたのは、安全担当の安藤理事だった。

「ビデオ隠し問題に、現地幹部だけでなく本社の管理職ら数人も関わっていたことが、社内調査で明らかになりました」安藤理事はそう述べると、調査結果の内容について説明した。

・「二時ビデオ」は、当時、現地に出張中だった本社動力炉開発推進本部の職員が一二月九日午後四時頃、ビデオのコピーを入手し、午後九時頃、本社に持ち帰った。そして、職員一〇人あまりがビデオを見た。

・一二月一一日頃、当時の佐藤もんじゅ建設所副所長から、動力炉開発本部の職員に「ビデオをしまっておけ」という連絡が入った。このため職員はビデオを自分の引き出しにしまった。

記者からは、「二時ビデオが本社に存在していたのが分かったのは、いつか」など多くの質問が出たが、安藤理事は「確認する」とだけ言って、ほとんどの回答を保留した。

繰り返される隠蔽に殺気立っていた記者たちは、すぐさま大石理事長の会見を要求した。つまり、組織のトップに直接この体たらくを謝罪させ、その進退について問おうとしたのだ。

午後七時半に、再び科技庁で大石理事長出席のもと、二回目の会見が開かれた。

「動燃全体に社会常識が欠けておりました。重ねて深くお詫びします」会見の席上、理事長はこう述べて頭を下げた。しかし、本社の管理職は「二時ビデオ」について知らなかったのかと問われると、信じられない回答をした。

「じつは昨日（一一日）の夕方、本件についての調査の結果を、私、聞きまして……」

「本社の幹部は知りませんでした。私も含めまして。どうして報告しなかったのか、というところが、いちばん問題だと思います」

前月二三日から二四日にかけて、成生ら社内調査チームが敦賀の現地に赴いた際に、ビデオが本社に届いていることが分かり、出張から戻った二五日昼に大石理事長に報告したはずではなかったのか？　その際に、理事長も「本社関係者からも詳しい事情聴取をするように」と指示をしたのではなかったのか……？　その後も、記者から「二時ビデオ」に関する具体的な質問が飛んだ。

しかし、一回目の安藤理事の会見と同じく、大石理事長もまともに答えることができず、「細かなことについては、もう一度調べて答える」と約束して退席した。

そこで、第三回目の会見には、調査チームの成生が引っ張り出されることになった。

午後八時五〇分、会見は前の二回と同じく科技庁で行われ、成生が社内調査の担当者として詳細を説明した。

「本社に二時ビデオがあることを確認したのは、一月一〇日です。一月一〇日になって机の中から出てきたんです」

成生の回答は、明らかに事実とは異なるものだった。成生ら調査チームがビデオの提出を受け、大石理事長に報告したのは一二月二五日――。当の理事長が、二回目の会見で「調査の結果を知ったのは一月一一日夕方」と言ったことが影響したのか、あるいは、事実をありのまま公表すると、ビデオの提出から二週間も何をしていたのかと、再び動燃が批判に晒されると危惧したのか……。

「本当に幹部は知らなかったのか?」その後、記者からこうした質問を受けても、成生は「知らなかった」と、表情を変えずに答えた。

三回目の会見は一〇時過ぎに終了し、科技庁を出た成生の姿は何処かに消えた。

成生の死

翌一月一三日の土曜日。週明けの月曜が「成人の日」のため、三連休がスタートしていた。

午前七時、休日の早朝だというのに、千葉・柏にある西村家の電話が鳴った。トシ子はその音で目を覚ました。前日、勤めている保険会社の新年会で帰宅が遅くなり、布団に入ったのは深夜だった。夫の成生は、昨晩帰宅しなかった。息子たちも、まだ寝ている。

寝ぼけ眼でトシ子が電話を取ると、男の声がした。「もしもし、安藤です」動燃の安藤理事だった。トシ子が動燃に勤めていたときの上司だったので、その声には聞き覚えがあった。

しかし、安藤理事の次の言葉に、トシ子は耳を疑った。

「ご主人が、救急車で病院に運ばれました」

一瞬の間をおいて、トシ子は何か聞き返そうとしたが……。「ツー、ツー、ツー」電話はそこでいったん、切れてしまった。まだ朦朧としている頭で、トシ子は思った。「安藤さんから電話があったということは、会社で皆が見ている前で、成生さんに何かあったのかな……運ばれたのは、会社近くの虎ノ門病院かしら?……」

もちろん成生のことが心配ではあった。しかし、ここ最近家に帰ってこない日が続いたこともあり、トシ子は「きっと寝不足から来る疲労だろう」くらいにしか考えなかった。

一〇分ほどして、再び電話がかかってきた。安藤理事からだった。電話を取ったトシ子は、こう聞かされた。

「ご主人が、亡くなりました」

トシ子の手から受話器が滑り落ち、床の上に転がった。

土曜の朝なので、国道六号線から堀切ジャンクションを経て、首都高速へと続く道路は、ほとんど車が走っていない。トシ子は、動燃本社から手配されたハイヤーに息子二人と一緒に乗り、東京・築地にある聖路加国際病院に向かっていた。

「まさか、そんなことがあっていいのだろうか……昨日、いつもと変わらない様子で家を出た夫が、死ぬだなんて……」

車窓から、荒川土手の風景が飛び去っていくのに目をやりながら、トシ子は江戸橋ジャンクションから首都高速の環状線に入るあたりで、運転手に頼んでラジオのニュースをつけてもらった。

「動燃の高速増殖炉もんじゅのナトリウム漏れ事故で、事故後明るみに出たビデオ隠し問題の内部調査にあたっていた動燃の総務部次長・西村成生さん四九歳が、今日午前六時すぎ、宿泊していた東京都中央区日本橋兜町のビジネスホテル・センターホテル東京の八階にある非常階段から飛び降り自殺しました。ホテルの部屋には、動燃大石博理事長や家族に宛てた手書きの遺書三通が残されており、事故隠しの実態とその調査の板挟みとなった苦しみが記されていました。西村さんは、去年一二月のビデオ隠し事件発覚後から、この問題の内部調査チームに加わり、関わった同僚や上司らへの事情聴取を行っていました。また、自殺した今日未明には、もんじゅのある福井県へ向かい、地元への対応の打ち合わせを行う予定でホテルにチェックインしていました……」

「ホテルの八階から飛び降りたって?……あの人はそんなことをするタイプじゃない……やっぱり何かの間違いじゃないの?」

ニュースを聞きながら、トシ子はなおもそう思った。長男はこの年に結婚予定で、正月休みにフィアンセの女性を親族の集まりに招き、お披露目したばかりだった。また、次男は二日後に成人式を控えていた。

やがて、ハイヤーは首都高速を降り、レンガ色の外壁が特徴の聖路加国際病院の駐車場に滑り込んだ。午前一一時すぎだった。案内されるままに地下の霊安室に向かうと、成生の親戚たちが霊安室前のソファに悲嘆に暮れた表情で座っていた。

「ああ、やっぱり成生さんは……」そこで初めて、トシ子は夫の「死」が現実なのだと思った。

成生の遺体は、霊安室の中にポツンと一台置かれた診察台の上に、パンツ一枚の状態で横たえられていた。しかし――。ホテルの八階から落下したというのに、損傷は激しくなかった。

「何よ、これ……目も当てられないぐらいの惨状かと思ったら、全然違うじゃないの……」

トシ子は、夫の遺体と対面して、悲しみよりもむしろ強い違和感を覚えた。

体のあちこちにアザやすり傷があり、顔は殴られたときにそうなるような腫れ方をしている。「転落したのとは違う……」そのとき、トシ子はそう思った。そこに警察官が、死体検案調書を持ってやって来た。

検案日時　：　平成八年一月一三日 午前十時五五分
立会官氏名：　中央警察署　警部補　荒井泰雄
検案場所　：　聖路加国際病院
死亡場所　：　センターホテル東京前　地上
死亡日時　：　平成八年一月一三日　午前五時頃
死亡の原因：　全身挫滅
死因の種類：　自殺

やはり死因は自殺。ラジオのニュースで聞いた報道の内容と、同じだった。

しばらくすると、別の警察官がやってきた。そして「遺書です」と、トシ子に一枚の紙きれを手渡した。それは「どうねん」というロゴが入った、会社の事務用便箋だった。そこに、成生の筆跡で、次のような文章が綴られていた（原文は横書き、改行位置は原文ママ）。

H8・1・13（土）
03：40
成生

西村トシ子へ

色々、苦労をかけました。

何にもしてあげられなかったと思いますが、最後の最後に子供達をよろしくお願いし、お別れとします。

人間、幾度も失敗はするが、それが許されない状況もあります。子供達にくれぐれも軽率な行動をとらぬ様話しておいて下さい。

動燃の仲間には、大変お世話になったし、感謝しているところです。

唯一、マスコミの異常さには驚きを遠《ママ》り越し、怒りを感ずる次第です。自分達がどれ程の者か、自省をすることも必要なのではないかと思う次第です。
元気で。熊本のご両親にはあまりショックを与えない様願います。
以上

さらに別の警察官が「これが遺品です」と、白い小さな封筒を手渡した。中には、成生の腕時計と財布、そして鍵が入っていた。トシ子は「人は死んでしまうと、こんな封筒に入るぐらいの遺品しか残さないのか」と唖然としながら、引取書に署名捺印した。霊安室を出ると、そこには動燃の大畑理事が立っていた。「私がついていながら、こんなことになってしまって……」。

警察の発表によると、成生は死亡したこの日、この大畑理事とともに出張でもんじゅ現地へ向かうため、日本橋にあるビジネスホテル「センターホテル東京」に前泊していた、という。一三日の夜中二時半ごろに、動燃からのファックスを受け取りに浴衣姿でフロントに現れたというが、出発時間の午前六時になっても降りてこないので、大畑理事が合鍵を借りて部屋に入ると、本人は不在で遺書らしきものがあった。悪い予感がしたので、非常階段の踊り場に出て下を見ると、成生が地面にうつ伏せに倒れているのを見つけた、ということだった。

大畑理事はトシ子に、成生の鞄とコートを手渡した。

腕時計に財布と鍵、そして鞄にコート……。成生がもうこの世にはおらず、ふだん身につけていたものはすべて「遺品」なのだということを、トシ子はまだ受け入れることができなかった。

盛大な葬儀

トシ子が成生の遺体とともに、動燃が用意した車で自宅に戻ると、玄関前には人だかりができていた。その中に二、三人の動燃職員がいて、車が到着すると遺体を担架に載せて、家の中に運び込んだ。すると、家の中にも動燃職員が七、八人いて、シーツをかけた布団をすでに用意していた。安藤理事から電話で「留守番の職員をよこす」と聞いてはいたが、勝手にそんなことをしているとは思いもかけなかった。

一階の和室に成生の亡骸を寝かせて、二階で親戚たちと葬儀の相談をしていると、動燃総務部で成生の上司だった長尾博昭部長が部下とともにやって来て、こう言い出した。

「葬儀場は、ハイヤーが六台入らなきゃ困る」すでに予約しかけていた地元の小さい葬儀場から、北松戸駅前にある元結婚式場だった大きな葬儀場へと、変更を余儀なくされた。

夕方のニュースでは、この日午後三時半から動燃の大石理事長が会見を開き、成生が理事長に宛てたとされる遺書を読み上げる様子が、放送された。

「……今回のプレス発表という大事な局面で、私の対応のまずさから、深刻な事態を引き起こしてしまったことは、理事長始め全社一丸となって信頼の回復に努めていこうとする出鼻をくじく結果となり、重くその責任を感じているところです……」

自殺を報じる新聞各紙（1996年1月13日夕刊）。左から読売、毎日、朝日

成生の「遺書」は、大石理事長、同期入社の田島良明秘書役、そしてトシ子宛ての三通があった、と動燃は発表していた。だが、大石理事長が記者会見で読み上げた「遺書」は、実際に書かれていた文言の一部を改変したものだった。遺書に書かれていたままの文言は、次のとおりである。

しかし、今回のプレス発表という大事な局面で私の勘異《ママ》いから理事長や役職員に多大な迷惑、むしろ「本当のウソ」といった体質論の反《ママ》展させかねない事態を引き起こした恐《ママ》れを生じさせてしまったことは理事長はじめ全社一丸となって信頼の回復に努めていこうとする出鼻をくじく結果となり、重くその責任を感じているところです。

晩の八時頃になって、西村家の玄関前で一斉にフラッシュが焚かれた。何事が起きたのかと思ったら、科技庁の中川長官が突然来訪したのだった。しかし、マスコミが待機していたところを見ると、事前に科技庁から情報が流されていたらしい。中川長官は成生の亡骸の前に来ると、「ご愁傷様でした」と言って、顔に被せてあった白布を取り、すぐにまた被せた。そして、応対したトシ子に一言二言囁いて、短い弔問を終えた。

長官を乗せた黒塗りの車が去ると、それまで家の中でたむろしていた動燃の職員たちも、一斉に引き上げた。トシ子には、あらかじめ決められた段取りどおりに、事が運ばれているように思えた。

一四日の通夜には、大勢の弔問客がやってきた。とくに、科技庁の職員が率先して訪れた。

そして翌一五日の告別式には、元科技庁長官の田中真紀子など一五〇〇人もの参列者が訪れた。

弔辞を読み上げたのは、科学技術庁の石田寛人事務次官、元動燃理事で関連企業ペスコの竹之内一哲会長、動燃の大石博理事長、同じく田島良明秘書役の計四人だった。

成生の遺影が飾られた祭壇の両脇には、政治家・原子力委員会・科技庁・動燃・電力・大手建設会社など原子力産業に連なる各方面からの献花が並べられ、まるで社葬と見まがうばかりの規模だった。しかし、五〇〇万円を超す葬儀の費用を負担したのは、西村家だった。

弔問客の列は絶えず、会場には焼香の煙がもうもうと立ち上っている。喪服姿のトシ子は思った。「成生さんの死は、政治的に利用されているのかもしれない……」

葬儀は、西村成生を葬るのではなく、もんじゅのナトリウム漏れ事故とその後のビデオ隠し事件を葬るための、「儀式」そのものであった。

自宅に戻ったトシ子は、二日前に成生の遺体と対面したときの記憶を、改めて呼び覚ましていた。「どこかから転落したような遺体なら、なんて馬鹿なことをするんだと、まだあきらめもつくけど……遺体の状態はそうではなかった」

夫はなぜ、死んだのか――。頭の中が疑問でいっぱいになり、悲しみの涙も出なかった。しかし、このままでは夫の死の真相は闇に葬られてしまう……。

「大変なことに出くわしちゃった感じよね」トシ子は成生の遺影の写真を見やった。微笑む成生の写真の横で、遺品の腕時計が音もなく時を刻んでいた。

もんじゅ訴訟の現場検証

ナトリウム漏れ事故から、西村成生の死へ――。一方で、もんじゅ訴訟には、どのような動きがあったのだろうか。

九六年一月二五日、福井地裁によるもんじゅの現場検証が行われることになった。原発で事故が起き、その現場検証を裁判所が行うのは、日本では初めてのことだった。参加したのは、裁判官三人と、原告住民と被告の動燃および各々の代理人、そして原告補佐人の小林圭二と久米三四郎の、計一八人だった。

一行は、防護服に長靴、口にはマスクをして隙間に目張りをし、髪の毛も帽子で包むという重装備だった。ナトリウムに少しでも触れると、体の水分と反応して熱を発し、皮膚が侵されてしまうからだ。

動燃職員の先導で事故現場であるもんじゅの二次系配管室に入ると、事故後に人が歩いた所だけ長靴の跡が残っているが、あとは一面雪をかぶったように真っ白だ。「ビデオで見た通りの風景だな……」小林は、防護服の中のむせ返るような暑さに耐えながら、そう思った。

温度計の破損をきっかけにナトリウム漏れを起こした配管の前まで来ると、その直下を空調ダクトが交差するように通っていて、大きな穴が開いていた。きわめて高温のナトリウムがどっと落ちてきた様子がうかがえた。そのすぐ下には、グレーチング（格子状の鉄製の足場）が設置されているが、ここにも高温のナトリウムと接触した影響で出来たとみられる、およそ三五センチ×三〇センチの半楕円形の穴があいていた。

さらにその下の床には、ナトリウムが小山のように堆積していたが、真ん中の部分だけが窪んで、床ライナー（ナトリウムとコンクリートの接触を防止する炭素鋼性の板）が白銀色に光沢を放って露出していた。

「これは、床ライナーが高熱で溶けているのだ」

「いや、酸化した鉄が剝離しただけだ」

原告側弁護士と動燃職員が互いに主張する中、小林はその箇所をよく見ようとしたが、屈強な動燃職員が数人で腕を組んで割って入り、これを遮った。

「何なんだ、帝国主義時代の軍隊でもあるまいし……」小林は、その異様さに憤りとともに、うすら寒いものを感じた。


床ライナーの穴あき――。この日の現場検証で原告側は、ここに重大な意味を見出した。というのも、床ライナーに穴があき、ナトリウムがコンクリートに接触すれば、コンクリートに含まれている水分と激しく反応し、大量の水素が発生して爆発する危険があるからだ。

小林は、次のように推察していた。「鉄の融点は、摂氏一四〇〇～一五〇〇度。それに近い温度で、ナトリウムが燃えながら落ちて、床ライナーの一部が溶融した可能性が高い」

これまで動燃は、ナトリウムが一五〇立方メートル漏れても、床ライナーは五三〇度を越えないとの解析をしていて、国の安全審査もこれを追認していた。今回の事故で漏れたナトリウムの量は、一五〇立方メートル以下と見られていたが、それでも床ライナーが溶けたのであれば、「動燃の解析は一体何だったのか?」ということになり、国の安全審査にも疑問符がつく。

また、安全審査では、配管から漏れたナトリウムは、障害物なく床に落ちることになっていたが、実際には配管下に空調ダクトが通り、グレーチングが設置されていた。ナトリウム漏れが起こったときのことを本気で考えていた設計ならば、このようなことはあり得なかったはずだ。

「どおりで、動燃があの現場の状況を見せたがらなかったわけだ……これは、訴訟の大きな転換点になるぞ」小林は、そう確信した。

九六年の二月に入り、科技庁はもんじゅ事故の中間とりまとめ報告を出した。

それによると、事故の発生原因は、二次主冷却系の温度計さやが破損したためとされ、途中で段が付いたように急に太さが変わる温度計さやの設計に問題があった、としていた。また、動燃に対しては、設計図面の検討の過程で設計上の問題点を指摘・改善できなかった点で問題があった、としていた。しかし、科技庁自身の責任には一切言及していなかった。もんじゅの運転許可を出したのは、他でもない科技庁である。

今回の事故では、小林が早い時期から指摘していたように、設計・運転の両面で、次のような問題が起きていた。

・温度計の初歩的な設計ミス。
・ナトリウム漏れが起きた配管の真下に、空調ダクトが位置する。
・火災が起きていても、すぐに空調を止めずに火災を拡大させた。
・原子炉を緊急停止して、ナトリウムを取り除こうとしなかった。

「これだけを取ってみても、どうして科技庁はもんじゅの運転を許可したのかと、誰でも思うだろう。動燃が悪い、と言って済む話ではなく、安全審査をした原子力安全委員会とともに、その責任は重いはずなのに……」小林は、科技庁の中間報告を一読して、そう思った。

もんじゅの事故調査は、科技庁が設置した「もんじゅナトリウム漏えい事故調査・検討タスクフォース」と、原子力安全委員会に設置された「高速増殖炉もんじゅナトリウム漏えいワーキンググループ」とで行われていた。いずれも、もんじゅの安全審査に関わった人々が、主要なメンバーだった。

小林の心中には、苛立ちとあきらめが相半ばしていた。「彼らは動燃と一緒になって、もんじゅの建設・運転を推進してきたんじゃないか。そんな組織が事故の調査をしても、身内に甘い結論しか導き出せないだろう」

不可解な対応

西村成生の死後、妻のトシ子は動燃にその死の原因について詳しく説明するよう求めた。とくに、成生が死亡した日の未明に受け取ったというファックス文書が、今どこにあるのかが知りたかった。というのも、成生の遺品の鞄の中には、ファックスが入っていなかったからだ。

しかし、動燃からの返答は全くなかった。

「西村君のことで説明したいことがある」動燃の田島秘書役からそんな電話があったのは、四月も半ばに入った頃だった。トシ子はやっと動燃側が動いたと思った。田島は夫の成生と同期入社で、卒業した大学も同じ中央大ということで、成生の「友人」を自認していた。

実際に、成生が書いた「遺書」のうち一通は田島宛てのものだった。内容は次のような短いものだった。

田島良明君へ

迷惑をかけてしまった。
　後の事は頼みます。
余りにも変化が激しく、失態を演じてしまいました。
　許して下さい。
何かやっと寝れそうです

以上

田島からの電話の数日後、トシ子は動燃本社が入っている赤坂の三会堂ビルを訪れた。待ち合わせ場所に指定されたのは、ビル地下の「檸檬」というスナックだった。田島は約束の時間に現れたが、席に着くこともなく「ちょっと場所を変えましょう」と言って店を出た。

トシ子は、そのままエレベーターで動燃本社に向かうのかと思ったが、田島は「ちょっとお酒でも飲みながら」と、近くの居酒屋にトシ子を連れて行った。

「主人のことで説明したいって言ったけど、こんなところでするの？」居酒屋の暖簾をくぐったトシ子は、強い違和感を覚えたが、口には出さなかった。

田島は酒を注文すると、「奥さんも何か注文しますか」と言ったが、トシ子はさすがに「飲んでる場合じゃありません」と断った。

そのとき、二人のテーブルに、もう一人やってきた男がいた。ダークスーツを身にまとい、髪はロマンスグレー。顔にニコニコと笑みを浮かべて現れたのは、動燃の大畑理事だった。

一月一三日の朝、泊まっていたホテルで、成生の遺体の「第一発見者」となった人物だ。トシ子が直接会って話すのは、成生の死亡当日に、霊安室で遺品の鞄とコートを渡されたとき以来だった。大畑が合流すると、田島はトシ子の前に、Ａ４の紙四～五枚に手書きで綴った文書を差し出した。「西村職員の自殺に関する一考察」――そんなタイトルが付けられていた。

「西村君が書いた遺書をもとに、ぼくが考えると、こういうことになります」田島はそう言って、トシ子にその文書を読むよう促した。内容はおよそ、次のようなものだった。

・一月一三日の第三回目の記者会見で、勘異い《ママ》当弁《ママ》をし、失態を演じてしまった。
・「本当のウソ」といった事態に反展《ママ》させかねない事態を引き起こす恐れ《ママ》を生じさせてしまった。
・本社でビデオが見つかったのを一二月二五日と回答するところを、一月一〇日と回答してしまったことを苦にして自殺した。

成生が死に至った経緯について、田島がこの文書を作ったのは、成生が死んだ二日後の「一月一五日」と記されていた。また、「勘異い」「当弁」「反展」など、成生の遺書と同じ誤字も使われていた。トシ子は、文書課勤めが長かった成生が、こうした誤字を書くはずがないとも思っていた。

田島は、成生が大石理事長と自分に宛てた遺書のコピーも示して、自分が書いた文書について、あれこれと説明を始めた。まるで、これが事の真相だと言わんばかりの態度だった。

「事実と違うと思います」説明を聞き終えたトシ子は、きっぱりとそう言った。

するとそれまで田島の横で何も言わずに聞いていた大畑理事が、口を開いた。

「違うと思いますか……」田島とは対照的に、大畑理事は気弱そうに言った。

「ええ、これは全然違うと思います。ところで大畑さん、あの日主人が受け取ったファックスはどこへ行ったんですか?」トシ子がそう尋ね返すと、大畑理事はびっくりしたような顔をして立ち上がり、そのまま店から出て行ってしまった。

問題のファックスは、トシ子にとって成生が何時まで生きていたかを知る上で、大切な証拠となるものだった。成生の鞄には入っていなかったのだから、ホテルの部屋に置かれていたはずである。あの日、成生が泊まっていた部屋に入った大畑理事なら、それを知っているに違いない。そう思って話を切り出したところ、本人は真っ青な顔で逃げ帰ってしまった……。合流してから、まだ、ものの一〇分と経っていなかった。

呆気に取られたトシ子が田島のほうを見ると、田島は悠然としたまま酒を飲んでいた。

「何なのかしら、この人たちは?」二人の不可解な対応に、トシ子は改めて動燃への不信感を募らせた。

要するに、動燃は田島が書いていたような内容を、社内外の共通認識にしたいのであり、成生の死の真相究明など必要ない、ということなのだろうか。虚しい気持ちで居酒屋を出たトシ子は、成生の生前の姿を思い浮かべ、心の中で話しかけた。

「成生さん、ビデオ発見の日を、一二月二五日じゃなくて一月一〇日と言ったのを苦にして死んだなんて、嘘だよね。それぐらいで、人は死なないよね……もっと、もがいてもがいて、それでも人は生きるよね……」

五月に入ると、もんじゅの事故から半年が経ったタイミングで、動燃の大石理事長が退任することになった。「辞めるのは当然」「責任回避だ」などの声が上がる中、後任の理事長には東京電力取締役で電気事業連合会副会長だった近藤俊幸が就くことも決まった。

もんじゅの事故で、国策である高速増殖炉の開発推進には大きな疑問符がついたが、国や電力会社は巻き返しに必死だった。もんじゅの運転を再開し、さらには六ケ所村の再処理工場を稼働させ、核燃料サイクルの環を完成させる——見果てぬ夢に、変わりはなかった。

事故の再現実験

六月七日、茨城県大洗町の動燃・大洗工学センターで、もんじゅのナトリウム漏れ火災事故の原因を解明するための「再現実験」が行われた。

科技庁が設置した「タスクフォース」の指導監督のもと、動燃が実験を行ったのは、三月二六日、四月八日に続いてこれが三回目。空調ダクトやグレーチング（格子状の鉄製の足場）など事故当時の状況を再現し、実際にナトリウムを漏えいさせて、現場に与える影響を調べるものだった。しかし、過去二回の実験は、開始前にナトリウムが漏れ出したり、排気ダクトが詰まって十分な時間が取れなかったりと、いずれも失敗に終わっていた。

「三度目の正直」で行われた実験では、事故当時のように空調ダクトやグレーチングに穴が開いた。ところが、実験があと一〇分で終わろうとしていたとき、職員の一人が実験セットの底から水のようなものが垂れているのを見つけた。分析してみるとナトリウムが含まれていることが判明した。

「床の鉄板とコンクリートに、穴が開いたのではないか……」その疑念のとおり、鉄製の床ライナーは黒や緑色に腐食し、三か所に一〇～二〇センチの穴が開いていた。さらに、床ライナーの下にあるコンクリートにも穴が開いていた。水はそこから漏れたのだった。

この実験結果は、重要なことを示唆している。一二月に起きた実際のもんじゅ事故でも、床に穴が開いていた可能性があった――。

科技庁と動燃は、この実験によって実際の事故と類似の結果が得られれば、事故原因の究明が済んだ、とするつもりだった。ところが、その思惑は外れ、再現実験は事故の「再現」に失敗。それればかりか、ちょっとした条件の違いで、事故がより一層破局的なものになる可能性すら示したのである。

数日後、京大原子炉実験所の小林圭二は、実験結果を伝える新聞記事を何とも言えない気持ちで読んだ。「皮肉なものだ。本音のところ、床ライナーに穴が開かないことを確かめようとした再現実験で、穴が開いてしまったんだからな……」

小林は、ふと、こんなことも思った。

「これまで、配管の下にある空調ダクトやグレーチングがあることを問題視してきたが、それらの遮蔽物があったので、ナトリウムは落下途中に散らされた。かえって幸運だったのかもしれない」

配管の下に設置すべきでない、として非難の的になっている空調ダクトやグレーチングのおかげで、多量のナトリウムが床ライナーに直接漏れ落ちず、その下にあるコンクリートと爆発的に反応する危険を回避できた——このことは単なる幸運に過ぎず、「鉄板で遮る」という安全対策そのものが、すでに破綻しているのである。

「この時点で必要なことは何か……」

自分なら研究者としてどうするかを、小林は考えた。やはり、いい加減な再現実験などをするのではなく、ナトリウムと構造材料との反応を基礎的に研究し直すことしかないだろう、と思った。

なお、床ライナーが溶けたメカニズムについて、鉄の融点を越える高温が原因ではなく鉄が高温ナトリウムと水分に晒されて、融点の半分以下の温度でも溶ける「溶融塩型腐食」という化学反応であることが、後に明らかになった。しかし、それならそれで、これまでまったく想定していなかった破壊現象が起きたことになり、安全対策はまた一から考え直さねばならなかった。

もんじゅの「安全」は、どこから見ても問題だらけだった。

爆発事故と「安全性総点検」

事故は、いつも突然起こるものである。もんじゅの事故から一年三か月後の、一九九七（平成九）年三月一一日、東海村にある動燃の再処理工場で、火災爆発事故が起きた。

午前一〇時過ぎに、再処理工場内にあるアスファルト固化施設で火災が発生した。スプリンクラーから水を噴霧して鎮火はしたが、隣接する施設にある放射能モニターの警報が鳴った。そして一〇時間後の午後八時過ぎ、今度は大きな爆発が起きた。この事故について、動燃の発表は例によって変転を重ねた。

また、事故当日から四日間、建設工務管理室の職員が建設業者とゴルフをしていたことが発覚、さらに事故当日に、事業所見学者に事故について知らせず、見学を続けさせていたことも発覚した。一度ならず、二度までも……。動燃への信頼は、地に堕ちたも同然だった。

三月一七日には、科技庁が動燃の抜本的組織改革に取り組む方針を決定。そして、急遽立ち上げた事故調査委員会を、施設内の立ち入り調査に向かわせた。動燃の近藤理事長は、翌一八日、「発足以来、最大の非常事態に直面している」と全職員に通告した。

一方、もんじゅのほうは、どうなっていたのか。

国・動燃側は「もんじゅのナトリウム漏れ事故調査は、ほぼ終わった」として、前年一〇月に科技庁が「もんじゅ安全性総点検」チームを発足させ、動燃とともに、事故後のもんじゅの安全性を総点検する作業に入っていた。この「もんじゅ安全性総点検」を、動燃は次のように位置づけていた。

「これまでの調査で分かった問題点・反省点をふまえて、一層の安全性と信頼性の向上を目的とする自主的な総点検である」

しかし、事故の当事者である動燃と科技庁が、そう一方的に宣言して行うのである。

「これまでの調査で分かった問題点」と言っても、事故の原因は「一本の温度計の設計ミス」ということに特化され、他にもある温度計は大丈夫なのかという問題のほか、肝心の床ライナーの穴開き問題、ビデオ隠し問題などについては、原因究明が不十分なままだった。また、科技庁とは別に事故調査を行っている原子力安全委員会も、この「総点検」に今後の安全を託す見解を、その報告書の中で示していた。つまり、事故を起こした動燃、それを監督する科技庁、それに安全確保のお目付け役の原子力安全員会が、「談合的」に調査を行い、その結果をふまえ、もんじゅの安全性が「総点検」されるという段取りが出来ているのである。

京大原子炉実験所の小林は、安全性総点検のリストを見ていったんは驚いたが、すぐにこう思い直した。

「実際に、この点検をすべてやるのだとしたら、すごい。しかし、そうではないだろう。

あまりにも網羅的で、点検をやると言っている動燃自身がついて行けなくて、悲鳴を上げているに違いない……」

「総点検」という虚構じみた大目標に、否応なく突き進まざるを得ない、動燃。すべては高速増殖炉の開発、核燃料サイクルの実現といった「国策」の延命のためだ。

しかし、その組織自体の命は、ほどなく尽きようとしていた。もんじゅ事故に続いて起きた再処理工場の事故と、その対応の拙さが決定打となり、科技庁は四月に「動燃改革検討委員会」を発足させ、動燃の解体再生に向け走り出した。

残っていたレントゲン写真

同じ年の五月、連休明けの清々しい日の午後だった。地下鉄の駅から地上に出ると、病院のレンガ色の建物が見えてくる。西村トシ子は、東京・築地の聖路加国際病院に向かっていた。

「成生さんの死について、何か新しいことが分かるかもしれない……」トシ子は心の中でそうつぶやき、自分の胸が高鳴っているのを感じた。

一週間前、トシ子は知人と会って、茶飲み話をしていた。ひょんなことから話題はもんじゅ事故のことになり、事故後に自殺した動燃の職員が、夫・成生であることを打ち明けた。すると、その知人から「ご主人の死因について、ちゃんと調べたほうがいい」と助言された。そして、これまで問い合わせをしたことがなかった聖路加国際病院に電話をしてみた。

「去年一月一三日に主人が死亡したのですが、そのときの担当の先生にお目にかかりたい……」電話口でトシ子がそう告げると、意外にもすんなりと、当時の担当医師につながった。そのとき、その医師が電話口で言ったことを、トシ子は忘れられない。

「奥さん、何で今まで私のところに電話しなかったんですか？　私もお話したかったんですよ」

午後三時を回った聖路加国際病院の病棟は、もう人影もまばらだった。指定された診察室に行くと、三〇歳代半ばぐらいの医師が、カルテが置かれた机を前に座っていた。

柔和な顔つきをした医師は、開口一番こう言った。

「ご主人は、ここに運ばれる一〇時間前ぐらいに亡くなっていたんですよ」

トシ子は、一瞬、医師が何を言っているのか分からなかった。成生がビジネスホテルの敷地で倒れているのが見つかり、この病院に運ばれて死亡が確認されたのは当日朝の六時五〇分のことだった。

「一〇時間前に死亡していた、って……」

死亡確認時刻の「一〇時間前」といえば……。成生は死亡する前日の夜、二二時過ぎまで科技庁での三回に及ぶ記者会見に臨んでいた。「一〇時間前」とすれば、成生が記者会見を終えた直後に死亡していても、おかしくないことになる。

医師の指示したカルテには、「深部体温二七℃」と記されていた。深部体温とは、直腸内などで計る体の奥の温度のことで、常に三七℃付近で安定している。そのため、死亡確認時の深部体温が三七℃より何度低下しているかが分かれば、死亡推定時刻が計算できるという。

「夫の死因は、自殺じゃなかったんでしょうか……」トシ子がそう尋ねると、医師は柔和な顔に微かな笑みを浮かべた。医師の話では、成生の遺体が病院に運ばれ死亡が確認された後、遺族に話をしなければならないと思い、救急室のある一階から霊安室のある地下一階まで降りようとしたが、その場に詰めていた何人もの動燃職員に制止され、近づけなかったという。

「レントゲンの写真があるんですよ……」医師はこうも言い、次に来るときに受付で引き取ることができるよう手配しておくと、トシ子に約束した。

何日かして、トシ子は再び聖路加国際病院に行った。その医師と面会し、持参したカメラで成生のカルテと遺体写真を、許可を得て撮影した。帰り際に、受付でレントゲン写真が入った封筒を受け取った。その場で見ようとしたが、「他の場所で見よう」と思い直した。

病院を出て、地下鉄の築地駅へ向かうまでの間に、広々とした公園があった。その中の一つのベンチに腰掛け、トシ子は封筒の中からレントゲン写真を取り出した。写真は計三枚。頭を正面と側面から各々撮影したものと、胸を撮影したものだ。

「あの日、成生さんの遺体は、八階から転落したとは思えないほどきれいだったけど、やっぱり体の中は相当傷んでいるのかしら……」半ばあきらめの気持ちも抱えつつ、トシ子はレントゲン写真の一枚を、太陽にかざした。そこに写し出されていたのは、成生のきれいな頭蓋骨だった……。

涙が溢れ出た。成生が死亡して以来、一年四か月が経つ。あの盛大な葬儀のときも、そして成生の命日に転落現場の前に花を供えたときも、トシ子は泣かなかった。しかし今、成生のヒビひとつ入っていない頭蓋骨の写真を見たとき、はじめて大粒の涙がトシ子の頬を伝った。

「成生さん！　死んでしまったあなたは、もう何も語れないけど、残っていたレントゲン写真が事実を証明してくれる！」

この日から、トシ子は変わった。夫はなぜ死んだのか、その真相を究明する――。それだけを求めて生きていった。


「高温ラプチャー」


ＪＲ福井駅の西口から、およそ一〇分。路面電車の線路沿いに歩いていくと、茶色い煉瓦作りの庁舎が見えてくる。福井地方裁判所である。

同じ年の一〇月八日、京大原子炉実験所の小林圭二は、福井地裁の正面入口の白い大理石の階段を、ゆっくりと踏みしめて上った。この日、自身二度目となる証人尋問に臨むのだ。「もんじゅ訴訟」が八五年に提起されてから、まる一二年になる。裁判は、原告・被告双方が証人尋問を行って自らの正当性を主張する、大事な局面にさしかかっていた。これが終われば、いよいよ結審かと思われた。

午後からの法廷で、小林は「炉心爆発事故」と「蒸気発生器伝熱管の破損事故」という二つのテーマについて、次のように証言した。

「炉心爆発事故は、大変複雑なメカニズムで起こるのです。チェルノブイリ事故では、一度目の爆発原因はほぼつかめていますが、二度目以降起こったとされる爆発については、よく分からないんです。従って、爆発のエネルギーも推定できていません」

「軽水炉でさえそうなのですから、より複雑な高速増殖炉の場合、本当に何が起こるか、見当もつきません」

続いて、小林は二つ目のテーマについて証言した。

「イギリスの高速増殖炉PFRで起こった蒸気発生器伝熱管の破損事故で、新たな知見が得られています。少し耳慣れない「高温ラプチャー」という現象なんですが……」

じつは、この「高温ラプチャー」こそが、小林が世界中の高速増殖炉に関する文献を渉猟する中で探し当てた、最も貴重な成果のひとつだった。小林は、昂る気持ちを抑えながら、論理的に証言していく。

「高温ラプチャーとは、どういうことかというと、金属材料というのは、五〇〇度を超えると急激に強度が弱くなるんです。特にステンレス系、スチール系は急速に弱くなります」

「PFRでは、蒸気発生器の伝熱管がナトリウムと水の反応のために高温になり、材料の強度が弱くなりました。しかし、管の中に流れている水……実際はもう水蒸気になっていますが、この圧力は高くて、材料の強度がもたなくなり、劣化・破裂したのです」

第二章で記したように、一九八七年にイギリスの高速増殖炉ＰＦＲで、蒸気発生器伝熱管が大量に破断する事故が起きていた。伝熱管一本の破損が、わずか八秒の間に三九本の破断に伝播した。この現象が「高温ラプチャー」であり、設計の上では想定していないものだった。小林は膨大な文献の中から、事故から五年後の一九九三年にイギリスで出された報告書を発見、そこには事故原因が「高温ラプチャー」であると記されていた。

「もんじゅの安全審査では、蒸気発生器伝熱管の破損は四本のみしか想定せず、それで機器の健全性が保たれるとしています。これは明らかな誤りです」

小林はそう結論を述べて、証言を終えた。傍聴席からは感嘆する唸り声が聞かれ、裁判官たちも納得の表情を浮かべている。

この日の小林の証言は、動燃に対する大きなプレッシャーとなった。動燃は「安全対策を強化するから大丈夫だ」と問題のすり替えを図ったが、この時期に行われていた「安全性総点検」の中で、この「高温ラプチャー」について検討せざるをえなくなった。

そして一一月、「安全性総点検とりまとめ」で、次のように記した。

「蒸気発生器伝熱管事故について、高温ラプチャーを考慮すれば、安全裕度が少ないため、見直しと再分析が必要である」

当初、裁判の証人になるにあたり、国家プロジェクトを担う動燃との情報格差で「自分はつぶされる」と懸念した小林だったが、ここに至って形勢は逆転。結果は圧勝となった。

これ以後も、「高温ラプチャー」問題は小林の追及により、動燃にとってのアキレス腱となっていく。そして、それは裁判の結果にも、大きな影響を与えることになるのである。

第四章　生き残りをかけた闘い

動燃から「核燃料サイクル開発機構」へ

一九九八（平成一〇）年一〇月一日、動燃は三一年の歴史に幕を下ろした。新法人「核燃料サイクル開発機構」が発足したのである。

もんじゅ事故とその後のビデオ隠しなどの対応により、原子力に対する国民の不安、不信が高まった。このため、国は動燃を抜本的に改革することとし、科技庁の「動燃改革検討委員会」や「新法人作業部会」において、具体的な検討を行ってきた。この年五月には「動燃改革法」が成立し、動燃は新法人として解体的出直しをすることになった。

この日午前、前の原子力安全委員長の都甲泰正《とごうやすまさ》初代理事長が、竹山裕《ゆたか》科技庁長官から辞令を受け、官邸で小渕恵三首相に就任あいさつを行った。新法人は、高速増殖炉サイクルの研究開発、高レベル放射性廃棄物の処分技術の開発などを動燃から引き継いだが、そのほかの海外ウラン探鉱、ウラン濃縮事業などは整理縮小することになった。また、組織の体制も変更になった。東京にある本社は茨城県東海村に移転、そして、もんじゅのある福井県敦賀事業所にも本社機能を持たせるなど、「地元重視」を打ち出していた。

京大原子炉実験所の小林は、ここに至る経緯を思い返し、白々とした気持ちでいた。「あんな事故を起こしたのだから、主体を変えるというのは当たり前だろうが、その主体がほんとに変わったのか。結局、名前だけを変えて主体を維持する流れを作っていった。新法人発足は、国民を騙すための手段としては機能したんだろう……」

もんじゅ訴訟では、被告の名前が「動燃」から「核燃料サイクル開発機構」に変わった。一三年にわたって争われている訴訟は、翌年三月の結審が決まった。そして、原告住民側の強い求めで佐藤一男原子力安全委員長の証人採用が決まり、一〇月二一日の期日に出廷することになった。原子力安全委員会の委員が、裁判の証人として出てくるのは異例であり、しかもトップの委員長となると、初めてのケースだった。

佐藤委員長は原子炉安全工学の専門家で、もんじゅの設置許可申請時に安全審査を行うメンバーの一人だった。そして、ナトリウム火災事故時には、安全委員会の事故調査ワーキンググループにも加わっていた。「ナトリウム火災事故とその後の再現実験の結果は、安全審査でまったく想定されていないものだった。そんな安全審査は無効ではないのか？」――原告側がそう問いただす相手としては、この上ない人物だった。

「覚えておりません」ダークスーツ姿で縁なし眼鏡をかけ、恰幅のいい佐藤委員長は、法廷で再三そう答えた。原告側は、床ライナーの穴開き問題に絞って尋問したが、佐藤委員長は安全審査当時のことは「覚えていない」で通した。

また、再現実験での床ライナーの穴開きの原因が溶融塩型腐食であったことについて、原告側は「ナトリウム技術者なら自明のことか？」と問うた。すると、「私のような門外漢には、何とも言えません」押しの強そうな印象とは裏腹に、佐藤委員長はそう逃げるのだった。

しかし、この尋問をとおして原告側は大きな成果も得た。

「条件によっては、配管室の床ライナーに穴が開く可能性はあります」

「床ライナーの腐食の知見がある現段階で、現状のままのもんじゅの設置許可申請が出されたら、許可は出せない」

佐藤委員長はこう証言したのである。当たり前のことを率直に認めたまでだが、今だったら許可しないものが、過去に許可されているとしたら、その許可は取り消されるべきではないだろうか。

被告の国側は「安全審査は基本設計に関わるのみで、床ライナーの厚さなどの詳細設計は設置者の責任。安全審査に誤りはない」としていたが、佐藤委員長の証言は「安全審査の妥当性」をめぐり、原告側に決定的に有利な証拠であるのは明らかだった。

秘密の報告書

その二週間ほど後、小林は熊取の京大原子炉実験所の資料室で、ある重要な文書を見つけた。

「これは怪しいな、海外出張報告だと?」それは、公開されている旧動燃の技術者が書いた論文だった。その「注」に、イギリスの高速増殖炉ＰＦＲで起こった事故に関して、旧動燃が「海外出張報告」を作成していた、という記述があったのだ。

小林から知らせを受けた弁護団は、社民党の福島瑞穂参議院議員を通じて、科技庁にこの報告書の開示を要請した。「出す」「出さない」のすったもんだのあげく、翌九九（平成一一）年二月二六日に報告書が開示された。そこには、二つの重大な内容が記されていた。

・ＰＦＲで事故が起きた二年後の一九八九年に、旧動燃はＰＦＲに出張し、高温ラプチャー問題について意見交換していた。

・ＰＦＲの事故の六年前の一九八一年に、旧動燃は蒸気発生器伝熱管の破損伝播についての試験を行い、五四本の配管のうち、二五本が高温ラプチャーによって破損するという結果が出ていた。

前章で記したように、「高温ラプチャー」とは、蒸気発生器の伝熱管がナトリウムと水の反応のため高温になり、材料の強度が弱くなって破損する現象をいう。イギリスのＰＦＲの事故では、蒸気発生器伝熱管一本の破損が、わずか八秒の間に三九本の破断に伝播するという事態が起こっていたが、その六年前に旧動燃が行った試験でも、設計基準をはるかに超える深刻な結果が出ていたのだ。

「こんな重大な情報を、国民ばかりか規制当局にすら隠していたのか！」

原告住民側の驚きと怒りは大きかった。

旧動燃が科技庁に試験結果を報告したのは、試験から一三年後。既にもんじゅが臨界を迎えた九四年一一月のことであり、原子力安全委員会に報告したのは、さらに四年後の九八年四月のことだった。

小林は呆れ果てながらも、旧動燃の思考回路におよその察しがついた。「実験結果は、おそらく彼らも予想していなかったに違いない。しかし、もう安全審査の申請は出している。今さら下手に変更できないということだったんだろう。都合の悪いことは隠す体質が、ここに始まっていたんだな……」

本来なら自前で行った試験の結果や、ＰＦＲの事故例をふまえ、もんじゅの安全審査はやり直されて然るべきだったが、そうならなかった。

この開示文書の主要な部分は、弁護団により書証として裁判所に提出され、新聞報道もされた。被告側の旧動燃、核燃料サイクル開発機構が批判を浴びることになったのは、当然だった。

また原告側は、もんじゅの危険性の大きな要因のひとつである「炉心崩壊事故」についても、この頃までに貴重な資料を入手していた。弁護団の海渡雄一弁護士が都内の古本屋で発見したもので、一九八二年、動燃がもんじゅの設置許可申請をしていた当時に作成した、炉心崩壊事故を想定した解析レポートだった。いくつかの基準によりケースを想定し、

人文書院
刊行案内

2024,8　鴨川鼠(深川鼠)色

ザッハー=マゾッホ集成全三巻

ザッハー=マゾッホ 著
平野嘉彦／中澤英雄／西成彦 訳

各巻¥11000

Ⅰエロス

習俗を巧みに取り込んだストーリーテラーとしてのマゾッホの筆がさえる。本邦初訳の完全版「毛皮のヴィーナス」、「コロメアのドンジュアン」ほか全4作品を収録。

Ⅱフォークロア

ドイツ人、ポーランド人、ルーシ人、ユダヤ人が混在する土地。民族間の貧富の格差をめぐる対立。複数の言語、ガリツィアの雄大な自然描写、風土、民族、習俗、信仰を豊かに伝えるフォークロア的作品。「ハイダマク」ほか全4作品を収録。

Ⅲカルト

あるいは「草原のメシアニズム」、あるいは「農本共産主義」（ドゥルーズ）を具現する、ロシア正教の異端宗派、ユダヤ教の二つの宗派など、さまざまなカルトが蟠居する東欧のスラヴ世界。マゾッホの宗教観を如実に語る「漂泊者」ほか、5編の小説および2編の論考を収録。

◎**内容見本進呈**
お問い合わせフォームにて送り先をお知らせください。お一人様1部までお送りします。

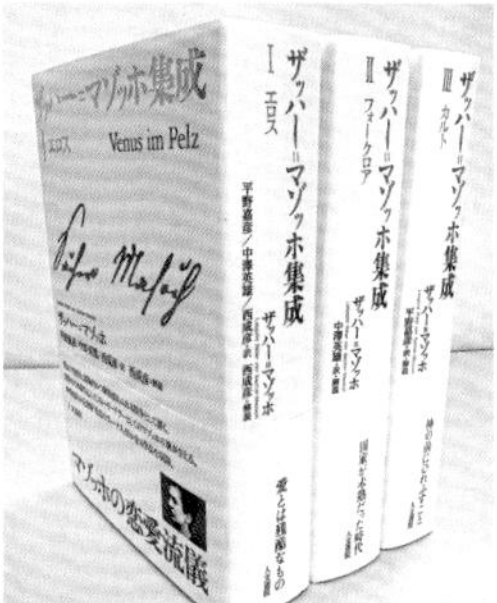

※写真はイメージです

詳しい内容や収録作品等の情報は以下のQRコードからどうぞ！

■小社に直接ご注文下さる場合は、小社ホームページのカート機能にて直接注文が可能です。カート機能を使用した注文の仕方は**右のQRコード**から。
■表示は税込み価格です。

人文書院
〒612-8447 京都市伏見区竹田西内畑町9
TEL075-603-1344／FAX075-603-1814
編集部 Twitter(X):@jimbunshoin
営業部 Twitter(X):@jimbunshoin_s
mail:jmsb@jimbunshoin.co.jp

新刊一覧

セクシュアリティの性売買

キャスリン・バリー 著
井上太一 訳

搾取と暴力にまみれた性売買の実態を国際規模の調査で明らかにし、その背後にあるメカニズムを父権的権力の問題として理論的に抉り出した、ラディカル・フェミニズムの名著。

¥5500

人種の母胎

性と植民地問題からみるフランスにおけるナシオンの系譜

エルザ・ドルラン 著
ファヨル入江容子 訳

性的差異の概念化が、いかにして植民地における人種化の理論的な鋳型となり、支配を継続させる根本原理へと変貌をしたのか、その歴史を鋭く抉り出す。

¥5500

戦後期渡米芸能人のメディア史

ナンシー梅木とその時代

大場吾郎 著

日本とアメリカにおいて音楽、映画、舞台、テレビなど活躍し、日本人女優で初のアカデミー受賞者となったナンシー梅木の知られざる生涯を初めて丹念に描き出す労作。

¥5280

翻訳とパラテクスト

ユングマン、アイスネル、クンデラ

阿部賢一 著

文化資本が異なる言語間の翻訳をめぐる葛藤とは？　ボヘミアにおける文芸翻訳の様相を翻訳研究の観点から明らかにする。

¥4950

マリア＝テレジア 上・下

「国母」の素顔

B・シュトルベルク＝リリンガー著 山下泰生／伊藤惟／根本峻瑠訳

「ハプスブルクの女帝」として、フェミニズム研究の範疇からも除外されていたマリア＝テレジア、その知られざる実像を解き明かす、第一人者による圧巻の評伝。

各¥8250

戦後期渡米芸能人のメディア史

ナンシー梅木とその時代

大場吾郎 著

日本とアメリカにおいて音楽、映画、舞台、テレビなど活躍し、日本人女優で初のアカデミー受賞者となったナンシー梅木の知られざる生涯を初めて丹念に描き出す労作。

¥5280

読書装置と知のメディア史

近代の書物をめぐる実践

新藤雄介 著

書物をめぐる様々な行為と、これまで周縁化されてきた読書装置との関係を分析し、書物と人々の歴史に新たな視座を与える力作。

¥4950

ゾンビの美学

植民地主義・ジェンダー・ポストヒューマン

福田安佐子 著

ゾンビの歴史を通覧し、おもに植民地主義、ジェンダー、ポストヒューマニズムの視点から重要作に映るものを仔細に分析する力作。

¥4950

新刊一覧

イスラーム・デジタル人文学

須永恵美子 編著
熊倉和歌子 編著

デジタル化により、新たな局面を迎えるイスラーム社会。イスラーム研究をデジタル人文学で捉え直す、気鋭研究者らによる最新の成果。

¥3520

ディスレクシア

マーガレット・J・スノウリング 著
関あゆみ 監訳
屋代通子 訳

ディスレクシア（発達性読み書き障害）に関わる生物学的、認知的、環境的要因とは何か？ ディスレクシアを正しく理解し、改善するための効果的な支援への出発点を示す。

¥2860

シェリング以後の自然哲学

イアン・ハミルトン・グラント 著
浅沼光樹 訳

シェリングを現代哲学の最前線に呼び込み、時に大胆に時に繊細に対決させ、革新的な読解へと導く。カント主義批判により思弁的実在論の始原ともなった重要作。

¥6600

一つの惑星、多数の世界
ドイツ観念論についての試論

ディペシュ・チャクラバルティ 著
篠原雅武 訳

人文科学研究の立場から人新世の議論を牽引する著者が、ラトゥール、ハラウェイ、デ・カストロなどとの対話的関係のなかで示す、新たな思想の結晶。

¥2970

近代日本の身体統制
宝塚歌劇・東宝レヴュー・ヌード

垣沼絢子 著

戦前から戦後にかけて西洋近代社会、民主主義国家の象徴とみなされた宝塚・東宝レヴューを概観し、西洋近代化する日本社会の身体感覚の変貌に迫る。

¥4950

福澤諭吉
幻の国・日本の創生

池田浩士 著

福澤諭吉の思想と実践——それは、社会と人間をどこへ導いたか？ 福澤諭吉のじかの言葉に向き合うことで、その思想と実践をあらたに問い直し、功罪を問う。

¥5060

反ユダヤ主義と「過去の克服」
戦後ドイツ国民はユダヤ人とどう向き合ったのか

高橋秀寿 著

反ユダヤ主義とホロコーストの歴史的変遷を辿りながら、戦後、ドイツ人が「ユダヤ人」の存在を通してどのように「国民」を形成したのかを叙述する画期作。

¥4950

宇宙の途上で出会う
量子物理学からみる物質と意味のもつれ

カレン・バラッド 著
水田博子／南菜緒子／南晃 訳

哲学、科学論にとどまらず社会理論にも重要な示唆をもたらす21世紀の思想にその名を刻むニュー・マテリアリズムの金字塔的大著。

¥9900

今回のイチオシ本

思想としてのミュージアム

増補新装版

博物館や美術館は、社会に対してメッセージを発信し、同時に社会から読み解かれる、動的なメディアである。日本における新しいミュゼオロジーの展開を告げた画期作。旧版から十年、植民地主義の批判にさらされる現代のミュージアムについて、論じる新章を追加。

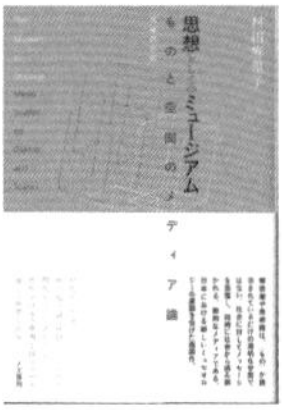

村田麻里子著
¥4180

呪われたナターシャ

復刊

現代ロシアにおける呪術の民族誌

三代にわたる「呪い」に苦しむナターシャというひとりの女性の語りを出発点とし、呪術など信じていなかった人びと―研究者をふくむ―が呪術を信じるようになるプロセス、およびそれに関わる社会的背景を描いた話題作、待望の復刊!

藤原潤子 著
¥3300

超越論的存在論

ドイツ観念論についての試論

存在者へとアクセスする存在論的条件の探究。「世界は存在しない」「複数の意味の場」など、その後に展開されるテーマをはらみ、ハイデガーの仔細な読解も目を引く、哲学者マルクス・ガブリエルの本格的出発点。

マルクス・ガブリエル著
中島新／中村徳仁訳
¥4950

はじまりのテレビ

戦後マスメディアの創造と知

1950〜60年代、放送草創期のテレビは無限の可能性に満ちた映像表現の実験場だった。番組、産業、制度、放送学などあらゆる側面から、初期テレビが生んだ創造と知を、膨大な資料をもとに検証する。気鋭のメディア研究者が挑んだ意欲的大作。

松山秀明 著
¥5500

行われた解析の中には、格納容器の破壊から放射性物質の大量放出につながるようなケースもあることが、このレポートには記載されていた。

しかし、この事実は動燃の中でも、ごく一部の人間以外には秘密にされた。動燃は都合の良いケースのみ、許可申請書に記載。結果として、もんじゅの安全審査では事故の危険性の評価が、一切顧みられることがなかったのだ。

三月二四日、もんじゅ訴訟は結審した。先の佐藤安全委員長の証言で明らかになったように、ナトリウムの腐食反応についての安全審査の誤りに続き、蒸気発生器事故の想定でも安全審査の誤りが明らかになった。さらに、炉心崩壊事故の評価でも、安全審査が役目を果たしていないことが、知るところとなった。

「いろんなことが、だんだん芋づる式に明らかになってきた。こうなったら、逆に情報をつかんだ側のほうが強い」裁判勝訴への確かな手応えを、小林は感じ取っていた。

孤独な調査

バス通りから、車一台が何とか通ることができる細い道を入って、しばらく歩くと、前庭に赤や白の薔薇を咲かせている二階建ての家が見えてくる。九九年五月、西村トシ子は、東京都内にあるこの家に転居した。

「前の家は、どこを見ても思い出すことばかりで……いろんなことが、あり過ぎたわね」

もんじゅの事故と夫・成生の死から、三年の月日が流れた。トシ子は、それまでの暮らしに一区切りをつけたかった。また、旧動燃の人間が何かと理由をつけて、柏の自宅を訪ねてくることが耐え難かった。

新しい家に住み始めてからは、多少気持ちも落ち着いた。しかし、トシ子は成生の死を、記憶の片隅に追いやったわけではない。むしろ、その死の真相を明らかにしようと、これまで以上に意欲的に取り組んだ。トシ子は何人かの法医学者に会い、夫の死因について意見を求めた。その中のある法医学者は、こう断言した。

「深部体温がいちばん問題ですね。二時間で一〇℃下がることはあり得ないですよ」

警察の調べや監察医の検死によると、成生の死亡時刻は午前五時頃。しかし、遺体が運び込まれた聖路加国際病院で、午前七時頃に計られた深部体温は二七℃だった。

前章でも記したが、直腸内などで計る体の奥の温度である「深部体温」は、常に三七℃付近で安定している。そのため、死亡確認時の深部体温が三七℃より何度低くなっているかによって、死亡時刻を推定することができる。

一般的に、深部体温は死後一時間当たりおよそ〇・五〜一℃ずつ低下する、といわれている。法医学者たちは、冬場の外部気温を考慮に入れても、「午前五時頃の死亡は考えられない、午前一時頃にはすでに死亡していた」と、一様に言うのである。

また、死体検案書によると、夫の死因はホテル八階からの転落による「全身挫滅」とある。しかし、法医学者が参考意見を聞くために呼んだレントゲン技師は、こう言った。「頭蓋骨に骨折はないですね。肋骨も傷んでいません」建物の八階から転落して、頭蓋骨も肋骨も折れないなどということが、果たしてあり得るのだろうか？

この頃、トシ子は一冊の本にめぐり会った。松本清張の「中央流沙」という推理小説だ。そのストーリーに、思わず引き込まれた。砂糖の自由化をめぐる汚職が発覚し、役所の課長補佐が出張先で謎の転落死をする。その前夜、彼はある人物から、捜査の拡大を未然に防ぐための「善処」、つまり自殺を求められ、それを拒絶していた。課長補佐は、汚職の扇の要に立っていたのだ。はたしてその死は自殺か、他殺か？――

実際に、戦後の汚職疑獄事件では、たびたび官庁の課長補佐級の人たちが「自殺」した。死ぬことによって事件捜査を行き詰まらせ、組織や上司を守る……。それが「善処」なのだった。

トシ子は、成生の死をこれになぞらえて考えた。「もんじゅが事故で動かなくなったら、動燃自体も立ちいかなくなって、みんな路頭に迷ってしまう。何とかしたいという思いが、成生さんの死につながったのかもしれない……。もんじゅの開発がつぶれたら、日本の原子力政策そのものがつぶれる。だって、何千億もの予算を注ぎ込んできたんだから……」

何度も本を読み返すうち、洞察は鋭くなっていく。

「もんじゅを守るため、動燃を守るため、そして日本の原子力を守るために、誰かがターゲットになる必要があった。それが成生さんだった……」

もんじゅ訴訟の地裁判決

二〇〇〇(平成一二)年三月二二日、福井市内では冷たい北風が吹き、午前中の気温は七・九度と、春にはまだほど遠い気候だった。

この日、福井地裁でもんじゅ訴訟の判決が言い渡される。午前十時ちょうどに岩田嘉彦裁判長と陪席の裁判官二人が入廷、原告側と被告側、そして傍聴席の全員がいったん起立して、席に着く。

その中には、険しい表情をした京大原子炉実験所の小林圭二の姿もあった。報道のテレビカメラが廷内の様子を撮影する時間が、しばらく取られる。その間、小林は伊方原発訴訟の一審判決のことを思い出していた。

「二二年前の伊方の一審判決は酷かった。裁判の中味は誰が見ても原告側の圧勝だったのに、裁判所は被告の国・電力会社を勝たせた。それも裁判長をすげ替えてまで……。これまでの原発訴訟では、まだ原告勝訴の例がひとつもない。軽水炉よりはるかに危険な高速増殖炉に対して、福井地裁はどんな裁きをするのか……」

小林は、まもなく歴史的な判決を言い渡す岩田裁判長の顔を見つめた。しかし、その表情は硬い。そして……。

「判決を言い渡します。主文、原告らの請求を棄却する」

それを聞いた記者たちが、一斉に法廷を飛び出し、速報を入れた。地裁前に陣取っていた支援者たちにも、「敗訴」が伝えられる。

「殺生亡国　文殊許さず　積悪もんじゅ　必至消滅」

そう大きく書かれたノボリを、支援者たちは無念の表情で掲げ、判決に対する抗議の意思を表明した。

裁判所は「立地条件・耐震設計・事故防止対策などにおいて、もんじゅの安全性は確保されている」として、原告全面敗訴の判決を言い渡した。

まず、行政訴訟については、もんじゅの設置許可に際しての安全審査に、重大かつ明白な瑕疵といえる不合理な点があるかが争点だった。この前年の九月には、東海村のＪＣＯで臨界事故が起きていて、この施設に許可を出した安全審査のあり方が厳しく問われている折でもあった。しかし、判決では「本件安全審査の調査審議に用いられた審査方針および審査基準に、不合理な点があるとは認められない」とし、また審議や判断の過程で「重大かつ明白な瑕疵といえるような看過し難い過誤、欠落があるとは認められない」として、被告・国の言い分を全面的に認め、原告側の主張を退けた。

また、九五年のナトリウム火災事故については、「床にライナーを張る」というのが基本設計で、厚みや材質は事業者の責任であり、安全審査には一切問題はないとし、問題の温度計の設計ミスも「安全審査の合理性を左右するものではない」という見解を示した。

次に、民事訴訟については、もんじゅの運転が原告の生命・身体に具体的な危険を及ぼす恐れがあるかが争点だった。

判決は、「原子炉施設の安全性の確保」を「原子力施設の有する潜在的危険性を顕在化させないよう、放射性物質の環境への放出を可及的に少なくし、これによる災害発生の危険性を社会通念上容認できる水準以下に保つことにある」と規定し、こうした観点から「ナトリウム漏えい事故を考慮しても、原告の主張する生命・身体が侵害される具体的な危険があるとは認められない」とした。

とくに、核燃料サイクル開発機構の安全についての「改善措置」は、いまだ正式に国にも提出されていなかったが、これを「実現される蓋然性は十分認められる」とした上で、機構側の解析評価をもとに「ナトリウムと床ライナーが直接接触する事態には至らない」と断じていた。

また「高温ラプチャー」による蒸気発生器伝熱管の破断事故の想定について、旧動燃が隠蔽していた実験データについても、「想定し難い」の一言で済ませていた。イギリスのＰＦＲでは、旧動燃の実験結果を裏付ける事故が、実際に起こっているにもかかわらず、である。

小林は、判決理由の朗読が続く法廷で、傍聴席に深く身を沈めていた。「国に対しては基本設計論で免責し、核燃サイクル機構には改善策の妥当性を認めて、全面敗訴か……裁判とは何なんだ？」裁判で被告の国・電力会社側を圧倒したのに、原告住民側を敗訴にした「伊方原発訴訟」の一審判決の悪夢。それが再来した格好だった。

福井地裁判決は、もんじゅの建設・運転について、次のようにも言った。

「電力源の開発という有益性を有することは明らかであり、この程度の有益性があれば、社会的にその影響を無視することができる程度の危険性を正当化するには十分である」

原告住民側は、直ちに名古屋高裁金沢支部に控訴した。

名古屋高裁金沢支部での控訴審

観光名所として知られる兼六園から、バス通りを歩いてすぐ近く、金沢地裁なども入る裁判所合同庁舎の中に、名古屋高裁金沢支部はある。中部六県のうち福井・石川・富山の北陸三県を、この金沢支部が管轄している。

福井地裁判決からおよそ半年後の一〇月二日、原告側の「控訴理由書」が名古屋高裁金沢支部に提出された。この「理由書」の内容で特徴的なことは、もんじゅが危険か、無意味かなどの主張はあえて前面に出さず、法理論上において福井地裁の判決がいかに過去の判決と定説に違反しているかを、明快に論じていることだった。

例えば、福井地裁判決では、床ライナーの厚みや材質などは事業者の責任で行う「詳細設計」であり、国が責任を負う「基本設計」ではないので、安全審査には問題ないとしていた。しかし「理由書」では、まだ実用化へ向けての原型炉段階であるもんじゅを、商業化されている軽水炉と同列に扱ってはならない、としっかり指摘していた。

また、福井地裁判決では、まだ安全審査に申請も出していない段階で、核燃サイクル機構の安全についての改善策の中味に踏み込み、これを「合理性がある」と認めていたが、「理由書」は、これは明らかに司法の裁量権逸脱であると論じていた。司法がすべきは行政に差し戻すことであって、行政に成り代わって専門領域に立ち入って是非の判断を下すのはおかしい、という主張だ。

一般的に、日本の司法は上級審に行くほど、判断が保守的になる。つまり、過去の判例に重きが置かれる。このため、原告住民側は、九二年に出された伊方原発訴訟の最高裁判例に着目した。ここで示された、原発行政訴訟において裁判所が違法と判断する要件は、次のようなものであった。

① 安全審査の審査基準に不合理があるか。

② 審査の過程に「看過しがたい過誤と欠落」があるか。

原告住民側は、この要件の徹底的な分析・比較により、福井地裁の判断手法の逸脱や過誤を、具体的かつ詳細に指摘し、控訴審での逆転を狙ったのである。

一一月二日、名古屋高裁金沢支部で原告・被告双方が出席しての進行協議が行われ、通常の口頭弁論以外に、非公開の進行協議の形で、高裁に対して説明会を開くことが合意された。これは高裁の求めによるもので、原発訴訟に不慣れな裁判官に対して、もんじゅに関するさまざまな知識を「レクチャー」する場であった。これによって、審理はハイペースで進むことが予想された。

一二月一八日。よく晴れて師走にしては暖かいこの日、名古屋高裁金沢支部で午後一時半から、控訴審の第一回口頭弁論が開かれた。

この中で原告住民側は、裁判は行政訴訟を先行審理し、早期に結審することを求めた。翌年一月に提出する書面のやり取りは二月・三月にある二回の口頭弁論で終了する。そして、年度替わりで裁判官の異動があることを念頭に、四月に再度総括審議を行い、五月に京大原子炉実験所の小林圭二に「高温ラプチャー問題」で証人尋問して審理を終了・結審する、というものだ。

これに対して、被告の国も「一審判決はこちらの主張を認めた。そこでの主張を変えるつもりはない」と新たに争う姿勢はみせず、迅速な判決を求めた。「早期結審」「早期判決」を求める点においては、原告・被告双方が一致したのだった。

カサブランカの花

二〇〇一（平成一三）年になり、世紀が変わった。日本では森喜朗首相の自・自・公連立内閣のもと、一月六日を期して省庁再編が行われた。原発行政関連では、科学技術庁が文部省と統合され「文部科学省」に、また通商産業省が「経済産業省」となった。

それから一週間後。一月一三日は、旧動燃総務部次長だった西村成生の命日である。妻の西村トシ子は、毎年決まってこの日、夫が死んだ現場を訪れる。

東京・中央区の「センターホテル東京」は、日本橋・兜町の一角に建つ、客室数およそ一〇〇室ちょっとの小ぶりなビジネスホテルだ。運営会社の前身は、明治期創業の「商業興信所」で、企業情報を調査する機関だった。

「あそこから落ちたんじゃ、絶対あの傷で済むはずはないわ……」トシ子はホテルの八階を見上げ、そうつぶやいた。夫は、建物に外付けされた非常階段の八階部分から飛び降りて「自殺」したとされている。しかし、夫の遺体は見た目には、ほとんど傷んでいなかった。また、夫が搬送された病院の医師や法医学者から、死亡時刻はもっと早かったはずだと説明を受けた。

夫は何者かに殺害された——そんな疑いを、トシ子は拭い切れなかった。

カサブランカの花を、トシ子は手にしていた。ホテルの道を挟んで向かいにある生花店で、ついさっき買い求めたものだ。「優美でいて、うつむき加減に白い花を咲かせる様子が、私の好みだし、成生さんにもきっと合うわ」

ホテルの非常階段まわりの敷地は、歩道から直接行き来ができる位置関係にある。トシ子は非常階段の下にそっと歩み寄り、カサブランカの花を手向けた。そして、目を閉じて手を合わせた。

成生が死んで、まる五年。旧動燃やそれに連なる人々とは、一周忌のときに顔を合わせて以来、積極的な交わりを断ってきた。これ以上、抑圧や監視の対象になりたくない、というのがトシ子の率直な気持ちだった。

しかし、三回忌が終わった頃、成生の遺骨を納めた寺からトシ子に連絡があった。旧動燃や科技庁の関係者が、頻繁に墓参りに訪れているという。

「お寺にしょっちゅう来るなんて、どういうつもりだろう……」トシ子は気味悪く思い、遺骨を別の寺に納め直した。以後、身内以外にはその場所を教えていない。

動燃が核燃サイクル機構に変わっても、その中身は何も変わっていないと、トシ子は感じていた。「もんじゅを生き永らえさせる、という目的のためなら、何だってしでかしかねない……。それを多額の税金を使ってやっているのが、怖いわ……」そして、このことを何かの形で世間の人に伝えたい、とも思った。

しかし、一人で何ができるというのだろう? 旧動燃は、夫の死について納得いく説明をしていなかった。警察も早々に「自殺」と判断して捜査を終えている。

「ぱらぱら……」という音が聞こえて、トシ子は目を開けた。非常階段の下に置かれたカサブランカの花弁が、風でセロハンの包み紙に当たり、微かな音を立てていた。

「成生さん、真実を明らかにするために、やれるだけのことはやってみるわ」心の中で、トシ子は成生にそう語りかけ、立ち去りがたい気持ちを抑えて、通りの雑踏の中に身を紛れ込ませた。

設置変更許可申請と結審

同じ年の六月六日、核燃サイクル機構は、もんじゅ改造のための原子炉設置変更許可申請を、省庁再編で経済産業省に設置された「原子力安全・保安院」に提出した。
主な変更点は、次のとおりだ。

・ナトリウム漏えい時の抜き取り時間短縮のため、排出用配管の口径拡大と増設。
・ナトリウム漏えいの早期検出のため、四〇〇個の煙感知器と三〇〇個の熱感知器など設置。
・ナトリウム火災による燃焼抑制の迅速化のため、二次配管室に窒素ガスを注入。
・配管室の気密性を上げるため、煙感知器などの信号により換気装置を自動停止させる。

「変更許可申請とは、すなわち基本設計の変更のこと。元の設計では不都合があるから、変更するのだろう！」もんじゅ訴訟の原告住民側はそう批判したが、被告の国・核燃サイクル機構側は、「元の設計でも安全上問題はない。より安全にするため変更するだけ」という理屈で、逃げていた。

また、工事開始時期は翌二〇〇二（平成一四）年秋で、二〇〇五（平成一七）年初めには立地地域などの理解を得たうえで試運転を始める、としていた。工事費の見積もりは、一六七億円。運転していない現状で、年間維持費だけでもおよそ一〇〇億円がかかっているが、これらはすべて国費で税金が投入されている。

この二か月前に、核燃サイクル機構では、研究開発費を職員の退職金などに不正に流用していたことが判明、相変わらず国民からの厳しい視線が注がれていた。

そんな中、小泉純一郎内閣の行政改革の一環で設置された「特殊法人等整理合理化計画」では、核燃サイクル機構と原子力研究所の両特殊法人を廃止し、新法人として統合する検討が進められていた。

一方、名古屋高裁金沢支部では、もんじゅ訴訟の控訴審が続いていた。

五月三〇日の進行協議（説明会）では、元大阪大学講師の久米三四郎が「ナトリウム火災事故」について、裁判所に説明を行った。事故が冬ではなく、夏の湿度が高い時期に起きていれば、床ライナーに穴が開いて水素爆発が起こって大事故に発展していた可能性や、いかに「溶融塩型腐食」に関する旧動燃の認識が誤っていたか、などについて触れた。

六月二五日の進行協議では、京大原子炉実験所の小林圭二が「蒸気発生器伝熱管破断の危険性」について、一一月一四日の進行協議では、同じく小林が「炉心崩壊事故」について、裁判所に説明を行った。

「伝熱管から漏れた水と、伝熱管外部のナトリウムが反応した熱で高温になった伝熱管は、強度が劣化し、管の内部を流れる高温水の圧力も受けて膨張・破裂します。これが高温ラプチャー現象で、これにより高温領域にある伝熱管が、次々と破断していくことになります」

「炉心崩壊事故では、数百気圧というとてつもない衝撃力でナトリウムと燃料の混合物が圧力容器の上蓋に激突しますが、もんじゅの安全審査では四〇〇キログラムの上蓋が一瞬浮き上がってすぐ閉まる、としています。チェルノブイリ事故では、二〇〇〇トンの上蓋が四〇〇気圧の衝撃力で吹き飛ばされ横転しています。安全審査がまともな審査を行ったとは、到底認められません」

裁判官たちはメモを取りながら、真剣な表情で聞いている。

小林はそれを見て、思った。「よし、いいぞ。彼らが、もんじゅの安全性に疑問があるという心証を持てば、それが判決の結果に必ず反映されるはずだ……」

こうして、一審とは異なり控訴審では、月に一回、まる一日かけた進行協議が計一四回行われた。弁護団そして久米や小林は、手弁当で進行協議に臨み、陳述書を徹夜で仕上げるなどといったことも、一度や二度ではなかった。

原告住民側は審判の対象を明確にするために、もんじゅの設置変更許可が国から下りる前に判決を出すよう、強く裁判所に求めた。そして翌年の四月二四日、もんじゅ控訴審のうち行政訴訟が結審した。控訴から二年一か月、第一回口頭弁論からは一年四か月という、スピード結審であった。しかし、それでもなお、判決までには半年以上の時間を要した。

高裁勝訴と退官講演

二〇〇三（平成一五）年の一月二七日、いよいよ控訴審判決の日がやってきた。

「原判決を取り消す。高速増殖炉もんじゅに係わる原子炉設置許可処分は、無効であることを確認する」

名古屋高裁金沢支部の大法廷に、川崎和夫裁判長の声が力強く響いた。その瞬間、原告席と傍聴席は総立ちになった。法廷を飛び出した弁護士が、裁判所の門前で待つ支援者たちのもとに駆け寄り、「完全勝訴」の垂れ幕を力いっぱい広げた。

裁判所は、判決理由で「安全審査の看過しがたい過誤と欠落」があったと認めた。次の三点である。

・床ライナーの健全性で溶融塩型腐食を審査していなかった。
・蒸気発生器事故で高温ラプチャーを審査していなかった。
・炉心崩壊事故の評価の妥当性を審査していなかった。

これらの点により、もんじゅでは深刻な事故が起きかねず、放射性物質の外部環境への放出の危険性を否定できないとして、裁判所は、もんじゅ許可処分は「無効である」と判断したのだった。提訴から一七年。原発訴訟で国が敗訴するのは、これが初めてである。

京大原子炉実験所の小林は、川崎裁判長が判決理由を言い聞かせる間、傍聴席でじっと感慨に耽っていた。「今回の裁判官たちが、われわれの側に好感を持っているとは思っていたが、伊方訴訟で日本の裁判の異常性を嫌というほど知らされたから、本当に勝つとは……」結審の時点で手応えは感じていたが、いざ勝利判決が出されてみると、にわかには信じられないような気持ちがした。

それから四日後の一月三一日、国は高裁の判決を不服として、最高裁に上告した。

小林はふた月後の二〇〇三年三月末で、京大原子炉実験所を定年退職した。満六三歳。

最終経歴は「講師」だった。

「講師」と「助手」との違いは、学生に対して講義をする資格があるか、ないかである。助手はその資格がなく、講師にはある。学生がいない原子炉実験所においては、実質的に変わりはないが、小林は希望して助手から講師に上がった。定年の一年半前のことだった。

小林は、そのときのことを思い出し、苦笑いした。「個人的な待遇改善の問題もあったが、給与面ではむしろ下がった。昇給のカーブは年を取るとともにだんだん上がって、いずれ平らになるが、長い間助手をやってから講師になると、給料がいったん下がったところからスタートする。せいぜい一年半ぐらいじゃ、もとのところに追いつかなかったな……」

原子炉実験所には「助手会」といわれる組織があり、実験所の当局に対して、「助教授への昇進がダメなら、講師への振り替えをせよ」と要求してきた。「助手会」会長を長く務めた小林は、自らそれを実践したわけだ。

「阪大の久米さんも講師になったけど、逆に言うと、これ以上出世させないという管理者側の宣言でもあるわけだ」

講師への「昇進」には、さまざまな意味が込められているのだ。

その後、二〇〇七年の法改正で大学教員の呼称変更があり、従来の「助手」「講師」という職種は廃止され、「助教」「准教授」になった。助教には講義の資格があるが、助教止まりで、そこから上へ上がれない者が大勢出てくるという意味では、根本解決にはならなかった。

京大原子炉実験所の「熊取六人組」のうち、前年には海老澤徹が定年退職していた。小林の退職で、実験所に残っているのは川野眞治、小出裕章、今中哲二の三人になった（瀬尾健は九四年に死亡）。

同じ年の五月一六日、第九三回の「安全問題ゼミ」で、小林の退官記念講演が行われた。演題は「原子力から始まって反原発に至る」――。

「ぼくが原子炉実験所に入った頃は、実験炉建設の最終段階ですから、できたものの受け入れ検査をするわけですね。入所してすぐ責任持ってやらされるというのではなくて、大病院の大教授の回診と同じようなものですね。柴田俊一という先生がおられまして、その先生がうちの関係部署の人間を十数人ぞろぞろ連れて、今日はあそこ、次はあそこと、順番に検査に回る。その教授と業者とが喧々諤々やって、たまに〝その寸法おかしいんじゃないか〟ってなったときに、教授の後ろにぼくがいたりなんかすると「メジャー持ってこい！」って言われて、持っていくと「こんなもので測れるか」って怒鳴られて、バタバタするというような日々が続いたわけです」

若き日の小林の姿が、自身の口から語られる。その後、高速増殖炉の研究に携わろうとするが、逆にその危険性を悟り、もんじゅ訴訟をとおして徹底的に闘う経緯は、本書にこれまで記してきたとおりだ。

講演後の質疑応答では、会場にいた久米三四郎から、「どうして広島・長崎の話が出てこないのか？」と、問いかけがあった。神妙な顔付きで、小林が答える。

「ここで気付かれたと思うんですが、ぼくの話の中に原水爆のことが出てこないですね。ぼくの頭の中で、まるっきりそんなことは飛んじゃって、放射能に対して怖いというイメージが、ほとんど欠如していました。逆に、原子力の夢ばっかり追うという状況でした。おっしゃるとおりなんです。原水爆でいいますと、ビキニ実験が一九五四年ですか。ぼくが中国から日本に帰って来たのは一九五三年です。それも多分あるんじゃないかなと思っています。むこうでも確かに日本の原爆の話はいろいろ聞いていましたが、やっぱりリアリティーが日本に住んでいたのとは違う。その辺がぼくにとっては抜け落ちていた。これからは抜け落ちていたところを挽回していこうと思ってます」

退職を機に、小林は原発関係の資料の大部分を処分した。それでも、妻と二人で暮らす大阪府和泉市の新居マンションの書斎には、「高速増殖炉の歴史」「高速炉の事故」などと背表紙に書かれたファイルが大量に、しかし整然と並んだ。

マンションは、熊取の実験所から車で三〇分ほどの近距離だった。「やはり六人組と縁は切れないな。安全問題ゼミや年一回の夏合宿は、義務みたいなものだから……」〝義務〟と言いながら、小林は嫌そうな顔はまったくしていない。

退職してもなお、もんじゅに関する知識において小林の右に出る者はなく、推進派からさえも一目置かれる存在だった。

「さあ、これからは、一人の市民研究家として生きよう！」

小林の第二の人生が始まった。

「犯罪被害者給付金」の申請

小林の退官記念講演から数日後、東京都内の西村トシ子の自宅に、ある封書が郵送されて来た。差出人は「東京都公安委員会」だった。

郵便受けから封書を取り出したトシ子は、封筒の縁を破って、中味の文面を見た。

「本件は、犯罪被害者等給付金の支給等に関する法律に規定する「犯罪行為」による死亡とは認められないことから、犯罪被害者等給付金を支給しないこととした」

「やっぱりダメか……。公安委員会は、どういう審査をしたのかしら」トシ子は、曇った表情でそうつぶやいた。

前年の二〇〇二年一〇月、殺人などの犯罪行為で死亡した犯罪被害者の遺族に、国が給付金を支給する制度があることを知り、その申請を、東京都の公安委員会に対して行った。申請は、当該の死亡が発生した日から七年を経過したらできない、と決められていた。夫の成生が死んだのが一九九六年一月だったので、残すところ三か月あまりというタイミングでの申請だった。

都の公安委員会は、その後およそ半年かけて、トシ子の申請について審査した。この年一月にはトシ子本人から、成生が犯罪被害により死亡したと認めた理由について報告を求めた。

トシ子は報告書に、「成生の死は自殺ではなく、周到に計画された「他殺を自殺化した作為ある組織犯罪」と考えられ、成生は犯罪被害者である」と記して提出した。

一方、都の公安委員会は、成生の「自殺」について捜査した中央警察署からも報告資料の提出を受けた。その上で、申請について裁定し、給付金を支給しないことを封書で知らせて来たのだった。

「真実を明らかにするために、やれるだけのことはやってみる……」成生の墓前でそう固く誓っているトシ子は、あきらめなかった。

ひと月後の六月半ば、今度は国家公安委員会に対し、犯罪被害者給付金の不支給決定を不服として、審査請求を行った。

国家公安委員会の審査結果が出たのは、およそ半年後の一二月末だった。

「主文　本件審査請求を棄却する」

そう書かれた書面が、トシ子のもとに送られてきた。落胆を禁じ得なかったが、この審査請求の過程で、分かったことがあった。都の公安委員会は次のような資料を、国家公安委員会に提出していた。

・平成八年一月一三日（成生の死亡当日）、中央警察署が作成した「実況見分調書」「写真撮影報告書」「死体取扱報告書」。
・同じ一月一三日、都の監察医が作成した「死体検案調書」。

・その三日後の一月一六日、中央署が作成した「捜査報告書」。
その上で、これら資料の内容に沿うかたちで、国家公安委員会に対して、こんな弁明をしていた。以下、その主要部分を示す。

「午前二時一五分ころ、ホテルマネージャーは、男性から亡成生に入った電話を八〇三号室に取り次いだ。午前二時二五分ころ、同じ男性から本件ホテルのファックス番号を尋ねる電話があり、ホテルマネージャーがこれを告げたところ、間もなく、ファックスが受信を開始した。午前二時三〇分ころ、亡成生は、浴衣姿のまま本件ホテルのフロントに現れ、ファックス送信された文書五枚を受け取った」

「東京都消防庁日本橋消防所救急隊員は、一一九番通報を受けて、午前六時一二分ころ、本件ホテルに救急車で到着した。救急隊員が亡成生の容体等を確認したところ、既に同人の心臓及び肺は停止していたが、身体には温みがあり、亡成生の着用している背広上衣の右外ポケットには、八〇三号室の鍵が入っていた」

「一方、警視庁中央警察署刑事課員らは、一一九番から転送された一一〇番通報によって、午前六時二〇分ころ、本件ホテルに臨場したところ、濃紺背広上下、ワイシャツ、黒色靴下を着用した亡成生が、救急隊の担架にうつ伏せの状態で乗せられていた」

「刑事課員らが、本件ホテル八〇三号室の室内を確認したところ、コートとマフラーがハンガーに掛けられていた。また、ベッドの上には革鞄が置かれており、中には、現金二三万円余の他クレジットカード等在中の財布、高速増殖炉「もんじゅ」のビデオ問題の調査書類等が入っていた」

「刑事課員らが、本件ホテルの非常階段を見分したところ、ホテル内から非常階段に出るドアは、内側から自由に開けられること、非常階段には、高さ一・一メートルの手摺りが設けられていること、八階と屋上の間の踊り場の手摺りには、人が手で握った痕跡が二箇所にあり、手摺りを握ると、掌に手摺りの茶色の塗料や埃が付着することなどが明らかになった」

「また、東京都監察医務院監察医は、亡成生の遺体について検案して、右下顎関節、下顎枝左側、多数の肋骨、右上腕、右手関節、骨盤、右膝部、右足関節部の各骨折、右下肢の骨折部に相当しての裂創様の創、右眼裂周囲の腫脹、頭部気脳、頭蓋底骨折などを確認し、亡成生の死亡の原因が全身挫滅であると判断した」

「中央署では、以上のことから、亡成生は本件ホテルの非常階段の八階と屋上の間の踊り場から飛び降り自殺したものと認めた」

「以上のとおり、亡成生の死亡は、自殺によるものであって、犯罪行為による死亡ではないから、給付金を支給しないこととした本件裁定に違法又は不当な点はない。よって、本件審査請求は棄却されるべきである」


弁明の中には、トシ子が初めて知るような内容も多かった。成生が死亡した後、動燃はもちろん、警察も、トシ子に事件について満足な説明をすることがなかった。まる七年近く、トシ子が孤独な調査を続けて、ようやくこれだけのことが分かったのだった。

「ホテルの中に何があったとか、いろんなこと書いてある……鞄とかコートとか、マフラーがそこにぶら下がっていたとかいうことまで……」トシ子としては、成生がその部屋に泊まっていたことを示すために、警察がもっともらしく細部まで記しているようにしか、読めなかった。

この資料が手に入ったことをきっかけに、トシ子はその後、闘いの場を裁判所の法廷に移すことになる。

もうひとつの「もんじゅ訴訟」提起

二〇〇四（平成一六）年になった。もんじゅは、ナトリウム火災事故以来、もう八年あまりの間、停止していた。

この年一月三〇日、国は、核燃サイクル機構が申請していたもんじゅの設置変更許可申請に対し、設計および工事の認可をした。しかし、先の控訴審判決で「国の安全審査に重大な過誤があった」との判断が示され、安全審査のやり直しが求められた。国と核燃サイクル機構は上告したが、最高裁での判断はまだ出ていない。現状のままのもんじゅに改造工事を加え、運転再開へと進んでいくのは、大きな疑問だった。

一方で、この頃から核燃サイクル機構関係者が、もんじゅについて「高速増殖炉」ではなく、「高速炉」という呼び方をすることが目立ち始めた。そこには「もんじゅは増殖はせず、余剰プルトニウムを燃やすための炉として、延命を図る」という考えが、透けて見える。しかし「増殖しない」からといって、ナトリウムを扱うことなどによる危険性に、何ら変わりはない。

もんじゅは事故で停止して以来、発電することはなく、むしろ維持のために膨大な電力を使っている。維持費だけでも一日五五〇〇万円かかった。また、現場では開発当初の研究者が皆リタイアしてしまい、運転についての知識を持つ人間が、減っていた。運転再開のメドも立たず、モチベーションも下がっていた。原子力の推進側にとっても、もんじゅは「厄介な」存在になりつつあった。

同じ年の一〇月一三日、西村トシ子と息子二人は東京地裁に、核燃料サイクル開発機構(旧動燃)を相手に、損害賠償を請求する訴訟を起こした。

「犯罪被害者給付金」の請求が棄却になった後、トシ子は訴訟することを決意した。そして、何人もの弁護士に依頼を持ちかけたが、すべて断られた。最終的に依頼を受けてくれたのは、もんじゅ訴訟弁護団の海渡雄一弁護士だった。前年の秋のことである。

トシ子は、成生の死亡推定時刻と遺体の深部体温との間に矛盾があること、残された遺書に成生が書いたとすれば絶対あり得ない誤字や書き癖が含まれていることなど、成生の「自殺」という前提自体に疑問を持っていた。

海渡弁護士は、懇意の弁護士らにも助力を得て弁護団を組み、まる一年かけて調査を進めた。その結果、成生の死を防ぐことができなかった安全配慮義務違反を理由に、労災としての損害賠償を請求する訴訟を起こすことにした。旧動燃に対して、組織的な「殺人」の罪を真正面から問いたい、というのがトシ子の本心だったが、弁護団らによる事件の見立てに沿って、闘うことにした。

訴状の内容を、見てみる。

旧動燃のビデオ隠し問題について、一九九六年一月一二日に行われた記者会見で、当時の安藤理事がまともな回答をせず、続いて行われた大石理事長の会見でも、本社管理職がいわゆる「二時ビデオ」の存在を知ったのは一月一一日（実際は前年一二月二五日）と回答し、最終的に社内調査チームの成生が会見の場に引っ張り出されたと説明した上で、こう記している。

「動燃は本社上層部が二時ビデオの存在を知ったのは一月一〇日であるという虚偽の統一見解に基づいて記者会見を設定したうえ、実際に調査にあたって、真実を明確に知っている成生に虚偽の説明を強いて、かかる説明を納得しなかったマスコミの厳しい対応の責任を成生に問うた」

また、こうした重い精神的プレッシャーを成生に対してかけたにもかかわらず、翌日にもんじゅ現地での記者会見への出席という強行スケジュールを立て、夜中に投宿先のホテルに電話をかけたり、記者会見記録をファックスで送信したりしたと指摘し、こう記す。

「動燃は、成生に対して、客観的な内部調査によって動燃への失われた信頼を取り戻すこと、事実を隠蔽してこれ以上動燃の最高幹部に責任が拡大しないようにすることという、両立の不可能な職務・役割を与え、その職務によって心労が極端に深まっていた成生に記者会見において虚偽の発表をするよう強いたうえ、たたき起こしてまでも会見録に目を通させて、ついには死に追いやったのであり、動燃の安全配慮義務違反は明らかである」

そして、成生の死によってマスコミの追及が止んだことに触れ、こうも記している。

「成生は、組織を守るために命を投げ出すことを求められ、これに応えて、成生が亡くなったことにより、動燃は組織として延命することができたとも思われる」

もうひとつの「もんじゅ訴訟」である、「もんじゅ・西村裁判」は、このようにして始まったのである。

最高裁の口頭弁論、そして判決

同じ年の一二月二日、もんじゅの行政訴訟に大きな動きがあった。

最高裁が口頭弁論を開くと決定し、その期日を翌二〇〇五（平成一七）年の三月一七日とした。新聞には、「国側敗訴判決見直しか」（福井新聞）の見出しが躍った。一般的に、最高裁が高裁判決を覆して破棄にするときには、口頭弁論が開かれると言われている。

最高裁では、高裁判決に法解釈の上で誤りがあるか否か、また最高裁判例に抵触するか否かが審理される。しかし、もんじゅ訴訟の高裁判決は、伊方原発訴訟の最高裁判例に則って下されたものだ。

「最高裁は、今度はどんな判断を下そうというのか……」小林圭二は、新聞記事をにらみながら、高裁判決で高まりかけた司法への期待が、一気にしぼんでいくのを感じた。京大原子炉実験所を退官し、肩書は「元講師」にはなったが、小林は反原発の集会などで、以前にもまして積極的に発言を続けていた。

年が明けて、三月一七日、口頭弁論が開かれる最高裁第一小法廷の傍聴席には、その小林の姿もあった。

口頭弁論は、国側のわずか四分ほどの形式的弁論に対し、原告側は原告団事務局長の小木曽美和子が、これまでの経過と原告たちの思いを切々と訴えたほか、弁護団六人が総論・各論を各々で分担し、熱弁をふるった。裁判長を担当する泉徳治裁判官（前東京高裁長官、福井県出身）をはじめ、裁判官五人は皆熱心に聞き入っている。それを見た小林は、思った。

「最高裁も、手抜き安全審査による設置許可処分はダメだと考えただろう。しかし、設置変更許可も含めて審理し直せ、と言ってくる可能性はあるかもしれない」

この日の夜、都内で開かれた「もんじゅを廃炉に！　最高裁でも勝利を！　全国集会」で、小林は壇上に立って問題提起した。

「一九九五年のナトリウム事故によって、高速増殖炉を基軸にすえてきた日本の原子力政策は破綻したのです。政府は、その後もプルトニウム利用路線を変えようとせず、高速増殖炉開発をあきらめていません……」

「もんじゅは原型炉ですが、それ以後の実証炉は、もんじゅと全く異なる型での開発が計画されています。もんじゅをこれ以上動かし続けるのは、危険であることはもちろん、金と時間の壮大な無駄です」

まっすぐ前を見てそう訴えかける小林に、会場の参加者たちが大きな拍手で応えた。


およそ二か月後の、五月三〇日――。折からの激しい雨で、最高裁前には傍聴券を求める人たちの傘の列ができた。

午後三時、最高裁第一小法廷で、もんじゅ訴訟の判決が言い渡される。入廷した五人の裁判官が席に着き、裁判長が口を開いた。

「原判決を破棄する。被上告人の控訴を棄却する。控訴費用及び上告費用は被上告人らの負担とする」

主文の読み上げにかかった時間は、一〇秒あまり。それだけ言うと、裁判官らは退廷した。

傍聴席にいた小林は、こみ上げる怒りと悲しみを押し殺して、表情を変えずにいた。

「やっぱり、最高裁は最高裁か……。なぜ、こんなに保守的なんだろうか、権力とがっちり手を組んで、決して揺るがない」

判決の内容は、最高裁が自ら判断する「自判」と呼ばれるもので、第二審の名古屋高裁金沢支部の判決を破棄し、第一審の福井地裁判決を正当として、住民の請求を棄却するものだった。

判決内容の詳細を見ると、最高裁は高裁が「安全審査の過誤・欠落」と認定した三点（床ライナーの溶融塩型腐食・蒸気発生器事故の高温ラプチャー・炉心崩壊事故の評価の妥当性）を、完全に覆した。問題は、その覆し方だった。最高裁は、安全審査後に旧動燃が行った計算や、改造工事のための設置許可の変更申請の内容は「最高の科学水準」であり、安全審査には違法性がない、と勝手に技術判断を下してしまっていた。

安全審査に欠落・過誤があるからこそ設置許可が変更までされているのに、変更前の許可に違法性がないというのなら、その審査とは一体何なのか。規制の対象に対して、自由裁量を認めたのも同然ではないか……。しかし、これが紛れもない、日本の司法の最高権威による判決なのである。

「理解のしようがないわな……」

判決後の集会で配られた判決文を通読して、小林は全身の力が抜けたように感じた。

「事実認定そのものが間違っているじゃないか。炉心崩壊事故が起きた際の評価について安全審査で考慮したとしているが、根拠となった解析評価は安全審査後に行われたものだろう。事実認定をきちっとした高裁判決を、読んでいないのか？」

伊方原発訴訟の最高裁判決で、原発の設置許可を違法と認める場合の要件として示されたのが、「安全審査に看過し難い過誤・欠落があり、行政庁の判断がこれに依拠してされた場合」というものだった。

判決の出された一九九二年当時、最高裁のせめてのもの「見識」と思われたこの判例が、一三年後に同じ最高裁によって、有名無実のものにされてしまったのだった。

同じ年の九月から、もんじゅはいよいよ改造工事を開始した。費用は当初の見積もりから五〇億円以上膨らみ、二二〇億円となった。

また、翌一〇月には、原子力委員会がこれまでの「原子力開発利用長期計画」に代わるものとして「原子力政策大綱」を出し、その中で、高速増殖炉実用化の時期を「二〇五〇年頃」としていた。そして、核燃料サイクル開発機構と日本原子力研究所が統合再編され、独立行政法人「日本原子力研究開発機構」となった。職員数およそ四〇〇〇人、予算規模およそ二〇〇〇億円の、巨大な原子力関連組織の発足だった。

二〇〇六年の証人尋問

「良心に従って真実を述べ、何事も隠さず、偽りを述べないことを誓います」

二〇〇六（平成一八）年二月二七日の午後、東京地裁――。旧動燃の大石博元理事長が、緊張した面持ちでそう宣誓し、着席した。

旧動燃に、総務部次長・西村成生の死を防ぐことができなかった「安全配慮義務違反」があったかどうかを争う「もんじゅ・西村裁判」で、被告側の証人尋問が始まったのだ。

「記憶にありません」

大石元理事長は、成生が死んだ前年一二月二五日に、いわゆる「二時ビデオ」が本社に来ていたと社内調査グループから報告を受けていたかについて、原告側の弁護士に問われると、そう答えた。

ここで問題なのは、一二月二五日の段階で「二時ビデオ」についての報告を受けていたはずの大石元理事長が、翌年一月一二日の二回目の会見で「調査の結果を知ったのは一月一一日」と答えたことから、成生が三回目の会見で「本社の関与は一月一〇日」と回答する破目になり、死亡するきっかけになった点だ。

「（一二月二五日に）報告を受けたかもしれませんけど、私は記憶にありません」

大石元理事長がそう証言するのを、原告席で聞いていた西村トシ子は、歯噛みする思いでいた。「大石さん、それはないでしょう！　主人は、あなたの代わりに記者会見をやって、動燃を守るために死んだのですよ」

弁護士が大石元理事長に問う。

「一二月二五日には本社チームで把握していて、私にも報告がありましたというふうに正直にあなたが答えていれば、記者会見は二回で終わっていて、西村さんたちが記者会見に出ることもなかったし、自殺しなければいけないことにもならなかったんですよ。そう思いませんか。自分の反省としてそう思いませんか」

西村トシ子、成生の遺影と

大石元理事長は、こう答えた。

「思いません」

トシ子は、全身に怒りが込み上げた。「申し訳なかった、すみません、の一言ぐらいあってもいいのに、何の責任も感じていないというのは、どういうことなの？」

大石理事長は、「三回目の会見前の打ち合わせで、本社の関与は一二月二五日と回答するように指示した」として、なぜ成生が一月一〇日と回答したのかは「わからない」と証言した。

額に深く皺を刻んだ元理事長は、その後も聞かれたことに対し、ほとんど「知らない」「聞いてない」で通し、こう続けた。

「私は、動燃を平成八年の五月に辞めましてから、まったく動燃とは関係のない環境の中で仕事をして参りました。したがって、一〇年近くのブランクがあります。誠に、知らないということを申し上げるのは悪いんですが、事実がそうでございます」

同じ年の五月一五日。被告側の証人尋問は、問題となっている計三回の会見すべてに同席した、旧動燃の渡瀬雅春・元広報室長に対して行われた。

原告側の弁護士が尋ねる。

「陳述書によりますと、証人はその記者会見が終わった直後に西村さんに対して、どうして一月一〇日と言ったのという趣旨の質問をされたようですね。それに対して西村さんは、年をまたいだらもたないと思ったので、そう言ったというふうに答えた、と。それは事実ですか？」

銀縁メガネをかけ、大柄な体格の渡瀬元広報室長は、答える。

「事実です。私は西村次長なりの考えがあって、そうしたんだなというふうに思いましたけれども、ちょうど廊下で歩いている最中の話でもありましたし、またその周辺にまだプレスもおりましたんで……」

原告席にいるトシ子は、渡瀬の証言を聞いて疑問に思った。「年をまたいだら、もたないと思った？　理事長や理事あたりが言うのなら分かるけど、総務部次長の主人にそこまでの責任はないのに、そんなことを言うはずがない……」

弁護士が、なおも尋ねる。

「そのときの西村さんの様子はいかがでしたか。疲労困憊しているとか、悩んでいるような雰囲気というか」

　変わらない口調で、渡瀬元広報室長は答えた。

「そういうことはまったく感じませんでした」

　その後の尋問で渡瀬は、「一月一〇日」という発言は、翌日九時の定例会見で訂正しようと思ったが、成生の死によりその機会が訪れなかった、と証言した。


　七月三一日の証人尋問では、成生の遺体の第一発見者となった、大畑宏之元理事が出廷した。

　弁護士から、会見当日の深夜に、公用車で成生とホテルに向かったときのことについて尋ねられ、大畑元理事はこう答えた。

「私は車の中で、彼にねぎらいの言葉みたいなもので、大変に苦労をかけるなというふうな話はしました。それから、向こうに着いて、本当はちょっと缶ビールでも一本飲んであれしたいんだけれど、明日、朝が早いからよそうなということで、二人ともそうですねというような感じで、朝、六時ねという約束をして別れました」

　一月一三日朝、約束の時間に現れなかった成生の部屋に、合鍵を借りて入ったときのことも、大畑元理事は証言した。

「そのときの状況は、部屋の電気がみんなだいたいつけられていまして、トイレのドアもあけられておりまして、ちょうどドアから入った一番突き当りのところに、ちょうどこう、ものを書ける机のようなものがございまして、その上にちょっと書類が置いておりました。あて名みたいなものが書いてあるんで、もしやということで、とっさに非常口のほうに行って、下を見ました」

同じ日の法廷では、田島良明元秘書役への尋問も行われた。

弁護士が、成生の死後に田島元秘書役が書いた「西村職員の自殺に関する一考察」のコピーを示して、尋ねる。

「そこに書いてあることは、何を根拠に書いたんですか」

田島元秘書役は、あくまで推察と断ったうえで、こう述べた。

「彼は、調査班の重要な役割を担った中核的な人物として、本来は一二月二五日だよということをきちっと記者会見でいえば問題はなかった。ただ、言わなかったがために、議事録を自分なりに読むと、これは一月一〇日に本社が、ビデオがあったことを発見したというストーリーになってしまう、これは大変なことだというふうに彼は感じたんではないかと……」

トシ子は、旧動燃関係者たちの証言を聞いて、結果ありきで筋書きができているように思えてならなかった。「ビデオ問題への本社の関与が一二月二五日と発表すべきなのに、動燃の組織がそれをさせなかった。主人はそれに従って一月一〇日と言ったのに、自分で勝手にやったことにされてしまっている……」

翌二〇〇七（平成一九）年五月一四日、裁判の判決が出た。東京地裁は「旧動燃において成生の自殺を予見し得たとは認められず、安全配慮義務違反も認められない」などとして、トシ子と息子二人の請求を棄却した。

トシ子は、東京高裁に控訴したが、審理中の翌〇八（平成二〇）年六月、証人である大石理事長は七九歳で死去した。

福井での全国集会

この年の一二月八日土曜日、福井市――。空には鈍色の雲が垂れ込め、時折ぱらぱらと細かい雨粒が頭や肩の上に落ちてくる。冬の北陸地方特有の天気だ。西村トシ子はコートの襟を立てて、この日午後から開かれる「もんじゅを廃炉へ！　全国集会」の会場へと向かっていた。

この全国集会は、福井県民会議など五団体が主催し、もんじゅのナトリウム漏れ事故以来、毎年、事故の起こった一二月に敦賀市内で開かれてきた。今回は、原子力機構が翌年一〇月に「もんじゅ」の運転再開をめざす中、最終的な許認可権者である福井県知事に「再稼働反対」の声を届けようと、初めて県庁がある福井市内で開かれることになった、「もんじゅ・西村裁判」の一審で敗訴したトシ子は、支援者らに勧められて、この全国集会に参加することにした。主催者側からは、集会の最後に裁判についての報告も求められた。

「旧動燃社員の奥さんが集会に出たりしたら、参加者はどう思うかしらね……」トシ子は、まるで敵地に赴くかのような気持ちでいたが、裁判について一人でも多くの人に知ってほしかった。

福井市内で最も大きい二〇〇〇人収容のホール控室には、元京大原子炉実験所講師の小林圭二も到着していた。集会の冒頭で講演を行うことになっていたのだ。講演のタイトルは、「もんじゅを動かしてはならない！　その三つの理由」である。

この日のために用意してきた講演レジメをチェックしながら、小林は思った。「もんじゅが事故を起こしてから、まる一二年か。これほど長い間止まった原発を再び動かした例は、世界でも皆無に近い……」そのことだけを取っても運転再開は認められなかったが、小林は講演で、より根本的な理由を示して運転再開の反対を訴えようとしていた。

午後一時。集会が始まり、最初に小林が登壇した。

「もんじゅは、核燃料を効率的に燃やすことよりもプルトニウムの生産・増殖を目的にした、軽水炉とまったく違う原発です。その結果、軽水炉にはない数々の危険性を持ちます」

マイクをしっかり握り、穏やかながらもハキハキとした口調で、小林はもんじゅを動かしてはならない理由を列挙していく。

「もんじゅ事故はナトリウムが漏れて火災になった事故ですが、増殖のために冷却材として水が使えず、化学的に極めて危険なナトリウムを使っています。燃料は、吸入すると微量でも肺ガンを引き起こす猛毒のプルトニウムです。さらに、大きな熱膨張や熱の急変によって破壊されないよう、配管や機器の肉厚を非常に薄くするなど、地震に対して本質的に弱い構造になっています」

そして、原子炉物理の専門家である小林が、もんじゅの特性の中で最も危険視している炉心崩壊事故についての話が続く。

「しかし、最も重大な危険は、軽水炉より格段に暴走しやすいことです。増殖を優先させた結果、炉の特性が危険なものになりました。燃料棒間の距離が近づいたり溶融したりすると、暴走事故につながりやすくなります。また、冷却材のナトリウムが沸騰しても暴走事故につながります。軽水炉では、いずれの場合も原子炉を止める方向にはたらくため、一般には暴走につながりません。この二つの危険な性質が、もんじゅでは停電などをきっかけとして顕在化し「炉心崩壊事故」と呼ばれる事故につながります」

会場はほぼ満員で、一五〇〇人近い参加者が真剣な表情で、小林の話を聞いている。

西村トシ子も、ステージに向かって左側前方の関係者席で、小林の話にじっと耳を傾けていた。「現地を見に行かなければならない、と思って来たけど、こうして大勢の人たちが参加して、もんじゅの運転再開の反対、そして廃炉を切実に訴えているのね……」夫の死の真相を問う裁判で、孤独を味わっていたトシ子だったが、幾分心が和らいだような気がした。

会場には、引き続き小林の声が響き渡る。

「軽水炉に比べても格段に危険で、核兵器製造につながり、財政難の折に巨額の税金を食いつぶす、もんじゅの運転再開を許してはなりません！」

そう強い口調で言うと、小林はマイクを置き、会場からの拍手とともに舞台袖に退いた。トシ子もまた、小林に大きな拍手を送った。

集会の最後に、「もんじゅ・西村裁判」の原告・トシ子が、支援を訴えるため壇上に立った。

「この大事な集会で、皆様のお心遣いにより、私のアピールの時間を頂いて、永年抱えてきたことを伝えることができ、感謝しております」

トシ子はそう切り出して、ナトリウム漏れ事件の後に、自分の身に降りかかった事態について語った。動燃のビデオ隠し、社内調査をした夫の「自殺」、事件の真相究明のための訴訟……。

「夫は、もんじゅ存続のために犠牲になったのです。もんじゅは、わが国に必要のない施設です！」

心に突き刺さってくるようなトシ子のアピールを、小林が関係者席で聞いていた。「もんじゅの事故は起こるべくして起こった。動燃、核燃サイクル機構、原子力機構と名前は変わっても、あの組織の体質改善は難しいのだろう。そのせいで、こうした気の毒な人が出てくる……」

小林は憂鬱な気分になったが、夫の死の真相究明のため闘うトシ子の姿に胸を打たれ、その言葉の一つ一つを聞き逃すまいと、意識を集中させた。トシ子が続ける。

「もんじゅの運転再開の決定権は県知事にあるのでしょうが、彼が原子力政策の嘘に洗脳されないで、地元や近県の安全を保障するように判断したら、歴史に残る知事になるでしょう」

翌一二月九日の日曜日午前、敦賀市の白木浜では、色とりどりの旗やプラカード、横断幕が並ぶ、シュプレヒコールが起きていた。

「もんじゅの運転再開をやめろー、もんじゅを廃炉に追い込むぞー」

全国集会参加者による、もんじゅ現地での抗議行動である。砂浜から波消しブロックのある海を隔てた向こう側の岸壁に、もんじゅの白いドーム状の屋根と、鉄塔に支えられた高さ百メートル排気塔がそびえたっている。

前日に続いて参加したトシ子は、初めて見るもんじゅの威容に気おされ、胸が痛くなった。しかし、その要塞のような原子炉と建屋を、気丈に睨み返した。「これを維持するために、成生さんは死んだのね……」亡き夫のためにも、もんじゅを絶対に動かしてはならない。冷たい風が吹きすさぶ浜辺で、トシ子はそう誓いを新たにした。

「廃炉まで闘うぞー、われわれは闘うぞー！」

他の参加者たちと調子を揃え、トシ子も声を振り絞った。

第五章　もんじゅの終焉

もんじゅの運転再開

「ウラン資源があと八〇年持つのであれば、本年度内にどうしても運転再開する必要はないのでは？」

「費用対効果からみて必要かどうか、説明されていない！」

ここは、東京都内にある国立印刷局の体育館。いわゆる「仕分け人」からの厳しい声が飛ぶ――。

二〇〇九（平成二一）年一一月、三か月前の「政権交代」により誕生した民主党・鳩山政権の目玉政策である「事業仕分け」がスタートした。内閣府に設置された「行政刷新会議」によるこの取り組みは、国の予算の無駄を洗い出す目的で行われるもので、国民の大多数が支持をしていた。

この日、原子力研究開発機構が高速増殖炉「もんじゅ」の運転再開に関して要求していた経費二三二億円について、仕分けが行われた。冒頭に記したような質疑の後、担当省庁である文科省からも聞き取りが行われる。

「本年度内の運転再開を目指し、新年度はプラントとしての信頼性の実証と、ナトリウム取り扱いの技術の確立に取り組んでまいります」

担当者が慇懃にそう答えると、仕分け人を統括する枝野幸男衆院議員は、次のように結論づけた。「高度な政治的問題なので、原子力政策全体の見直しの中で検討させてもらう。もんじゅの再開はやむなしだ」

推進側はひとまず、ほっと胸をなでおろしたことだろう。


「原子力ルネッサンス」——。この頃、地球温暖化防止の動きを受けて、発電時に二酸化炭素を排出しないとされる原発が、そのような惹句とともに再び注目されていた。しかし、それは軽水炉に関してであって、高速増殖炉となると話は別だった。

欧米では、安全性や高コスト、核兵器への転用の怖れがあるプルトニウムの不拡散の観点から、高速増殖炉から撤退する動きが目立っていた。経済新興国の中国やインド、ロシアや韓国では、商用化を目指す動きや研究が加速していたが、いずれも「高速炉」であり、プルトニウムの「増殖」はなかった。つまり、「高速増殖炉」の旗を立てて進もうとしているのは、日本だけと言っても過言ではなかった。

もんじゅの運転再開は、当初二〇〇八年一〇月とされていたが、結局、計四回も延期を繰り返し、予定より一年半遅れて、やっと現実のものとなった。二〇一〇（平成二二）年の五月六日、もんじゅは一四年半ぶりに運転を再開し、八日には臨界に達した。

この頃、京大原子炉実験所元講師の小林は、講演に招かれるたびに、こう話した。

「もんじゅには、実用化の見込みはありません。高速増殖炉の実用化は、やっぱり高速増殖炉が高速増殖炉らしい働きをしてこそです。それが何かというと、あくまでも人々のエネルギーを満たすという使命があるわけで、そのためには、高速増殖炉が継続的に使われる施設であることが重要なわけです」

小林は、良くも悪くも高速増殖炉とともに歩んだ人生を振り返りながら、こう言う。

「端的に言うと、軽水炉の場合は、年にほぼ五〇基の原発を動かして、毎日の電気を送ったわけです。だから高速増殖炉も実用化するというなら、それに見合ったものでないといけません。ところが、あのナトリウム漏れ火災事故ひとつで一四年半も止まってしまった。そんなものが、ものになるわけがないというのは、すぐピンとくる問題です」

運転を再開したもんじゅだったが、その月の一〇日には、炉を停止する作業で、運転員がきちんと操作ができなかった、という事態が起きた。事故には至らなかったが、運転員が制御棒の操作方法をきちんと教えられていなかったのが原因だった。

原子力機構は、もんじゅが停止している間、模擬運転操作器（シミュレーター）で運転の訓練を実施していたが、この模擬運転操作器に必要な操作方法が反映されていなかった、という。

また、この時期もんじゅ内部では、連日のように警報が鳴り響いていた。原因は、「作業員が原子炉容器に立ち入るためにエアロックを開けた」、「中央制御室のプリンターの目詰まり」などだったが、五月二三日には二二二回も鳴ったという。

「この先、本当に大丈夫なのか」と誰もが不安になる中、もんじゅは再び事故を起こすことになる。

炉内中継装置の落下

運転再開から三か月あまり後の、八月二六日――。もんじゅは停止中で、ちょうど原子炉の燃料交換の作業が終わり、後片付けをしようとしている最中のことだった。

「炉内中継装置」と呼ばれる、原子炉に差し込んで燃料交換に使う「筒」のような形状の装置がある。長さ一二メートル、直径五〇センチで、重さは三・三トンだ。この炉内中継装置をつかんで吊り上げる器具に不具合が生じ、装置を二メートル吊り上げたところで下へ落としてしまった。

落下した炉内中継装置は、原子炉容器の上蓋に引っかかって動かなくなり、再び吊り上げることができなくなる、という事態に発展した。

原子力機構は「放射性物質の漏れはなかった」としていたが、事故の一報を伝え聞いた小林は、唖然とした。「あんな大きなものが、ドカンと落っこちるというのは、本来ならあり得ない。また、わけの分からないことを、しでかしたんじゃないか……」

原因は、吊り上げる器具の単純な設計ミスで、東芝が製造を請け負ったものだった。一五年前のナトリウム漏れ火災事故の原因となった温度計さや管も、同じく東芝の製造で、初歩的な設計ミスがあった。しかし、それらの設計ミスを見逃したのは旧動燃であり、今の原子力機構である。事故が発生したのは、組織としてのチェック機能不全の証だった。

小林は、マスコミ各社からの取材に応えて、こう指摘した。

「落下の衝撃で、筒のような装置のどこかが変形してしまった可能性がある。また機器の破片が炉内に飛び散ったことも考えられる。しかし、もんじゅは軽水炉と違って、冷却材が不透明なナトリウムなので、中で何が起こっているか分からない……」

炉内に何かを落とすのでも、軽水炉ともんじゅとでは、意味合いが全然違う。燃料を引き上げるための炉内中継装置が動かなければ、燃料を抜くことはできない。燃料が入ったままの状態で、冷却材であるナトリウムを抜くことも、さらにできない。もし、炉の中で燃料が損傷したり、ナトリウムの流路が詰まったりすれば、炉心溶融事故につながる可能性さえある。

原子力機構は事故の対処ができず、頭を抱えていた。このままでは、もんじゅは長期にわたる運転停止を余儀なくされる。

この年、一〇月――。前年に引き続き行われた「事業仕分け」で、原子力機構に対して、仕分け人から厳しい意見や質問が出された。

「事業の予算が認められるのは、落下トラブルの対応次第だ」

「これだけお金を使っても、もんじゅではこういうことが、しょっちゅう起こるんですか？」

原子力機構は、もんじゅの研究開発費として、来年度の概算要求で一〇五億円の予算化を求めていた。しかし、出された評決は「一〇パーセントの予算削減」だった。

「そもそも、もんじゅがこのまま行っていいのか。もう一度考えないといけない」（枝野幸男幹事長代理）と、存続自体を疑問視する声まで聞かれた。

この時点で、もんじゅに注ぎ込まれた予算の累積は、建設費がおよそ五九〇〇億円、運転費がおよそ三六〇〇億円、合計およそ九四〇〇億円に上っていた。もんじゅの廃炉……。炉内中継装置の落下事故をきっかけに、それが現実味をもって語られ始めた。

しかし、もんじゅがなくなることは、即ち「核燃料サイクルの破綻」を意味する。青森・六ケ所村の再処理工場も、使用済み核燃料を再処理して得られたプルトニウムを高速増殖炉で使うのでなければ、存在理由がなくなる。もしそうなれば、再処理工場に貯まった使用済み核燃料は、「資産」から「負債」へと変わり、元の原発敷地に返されることになる。核燃料サイクルのみならず、原子力ムラそのものが「破綻」するのである。

三・一一と福島第一原発事故

二〇一一（平成二三）年、前年の参院選で民主党が敗北したことにより、国会は「衆参ねじれ状態」になっていた。菅直人首相は年明け早々に内閣改造を行い、枝野幸男を官房長官に起用するなどして、政権のてこ入れを図った。そして……。

その日は、まだ肌寒さが残る、三月の第二金曜日だった。小林圭二は、午後二時四六分ごろ、自宅マンションに近いＪＲ和泉府中駅前の青果店で、買い物をしていた。

「なんか、東北のほうで地震があったみたいだよ」テレビを見ながら店番をしているおばさんが、そう声をかけてきた。

「えー、全然揺れなかったけどなあ」小林は、おばさんとそんな会話をしながら買い物を続けたが、自宅に戻って改めてテレビをつけ、被災地から次々と送られてくる映像から、その惨状を知った。

三・一一、東日本大震災が発生したのだ――。

その日の夜、東京電力の福島第一原発に異変が起きているらしいとなってから、小林にはマスコミからの電話取材が相次いだ。

「今回の事故の状況をどう見るかは、原子炉の中に大量にたまっている放射性物質が、どのくらい外に出るかということに尽きると思います……」

片方の手に固定電話、もう片方の手に携帯電話を持ち、小林は記者たちの取材に対応し続けた。

福島第一原発では、稼働中だった一号機から四号機のすべてが全電源を喪失し、原子炉に水を供給することができなくなっていた。空焚き状態になった原子炉で、炉心の燃料が溶ける（メルトダウン）のは時間の問題だった。

記者からの取材攻勢が一息ついた深夜、小林は痛切に感じた。「俺はいつも、もんじゅのことを軽水炉との比較で言ってきた。軽水炉に比べて、こんなに危ないですよと。そうすることで、訴求力を強くしようと考えていた……」

しかし、現実には軽水炉で破局的な事故が起き、原子炉を冷やすために命がけの注水作業が続いている。被災地では、「放射能は大したレベルではない」という宣伝の中で、大勢の人々が取り残されていた。

「明らかに甘かった……。最悪の場合、今回のような事故が起こるということを、もっと確信を持って警告するべきだった」

自他ともに認める「高速増殖炉の専門家」である小林は、それがゆえに、より後悔の念に苛まれていたのだった。

一方、この大地震で、もんじゅはどうなっていたのか――。

幸いにも、炉内中継装置の落下事故で運転は停止中で、地震による揺れも敦賀市で震度二であった。とはいえ、もんじゅの構造が「地震に弱い」ことは、小林がこれまで再三指摘してきたとおりだ。

「もんじゅの場合、あらゆるトラブルが核暴走につながる。今からでも遅くはない、もんじゅを止めないと……」小林は自らに言い聞かせるように、その決意を新たにした。

国は三月三〇日、福島第一原発の事故を受けて、他の原発に対しても津波などの緊急安全対策を講じるよう指示した。原子力機構はもんじゅに関して、①全電源喪失、②冷却機能喪失、③使用済み燃料貯蔵プールの冷却喪失、以上の「三つの喪失」について緊急対策をするとした。しかし、「ナトリウム機器など安全上重要な設備は、海面から二一メートルの高い位置に設置されている」として、実際に行ったのは、電源車一台の新たな配備のみだった。

「脱原発」ともんじゅ

大地震の発生から、半年あまりが経った――。福島第一原発では原子炉の中に水を入れる作業が、多くの作業員の被ばくを伴って、続けられていた。しかし、メルトダウンしたとみられる一~三号機では、溶け落ちた燃料が原子炉格納容器を突き破って、穴を開けている可能性が強かった。つまり、水を入れれば入れるほど、放射能まみれの水が漏れ出し、発電所の内外を汚染することになるのである。

八月から九月にかけ、民主党内の抗争により菅内閣が総辞職し、野田佳彦を首班とする内閣が発足した。「二〇三〇年代に原発稼働をゼロに!」野田政権は「脱原発」の世論をふまえ、「革新的エネルギー・環境政策」と称して、国の原発政策を大きく転換する方針を示した。ただ、同時に原発ゼロに向けた過程では、原発を「重要電源」と位置づけ、再稼働していく方針も明らかにしていた。

もんじゅをめぐっては、一一月に行われた政策仕分けで、「もんじゅを用いた高速増殖炉の研究開発の存続の是非を含め、従来の体制・計画を抜本的に見直す」と評価された。

小林圭二はこうした動きを睨みながら思った。「本気で「脱原発」をするのなら、もんじゅは廃炉、高速増殖炉開発からは撤退、というのがスジじゃないか。原子力機構は、またぞろ「高速炉」で研究は続ける、などと言い始めている」
「増殖」を行わない「高速炉」としてもんじゅを利用し、研究開発をするという発想は、旧動燃の時代からあった。その主たる目的は、使用済み燃料の「減容」「減毒」である。高速中性子をウラン238に当てると「増殖」するが、核廃棄物に当てると、その容積を減らす「減容」と、毒性を減らす「減毒」ができるというのだが……。

小林は、そこにも疑問を感じていた。「高速炉で減容の研究をするのは、半減期の長い超ウラン元素を核分裂させて、半減期の短い物質に変えることだ。しかし、超ウラン元素は、使用済み核燃料の中で数パーセントを占める程度。高速炉が関与できるのは、この数パーセントだけなのに、本当に意味のある作業なのか。姑息なもんじゅ生き残り策だ」

日本は「原発大国になる」と宣言して、これまで五〇基あまりの原発（軽水炉）を作ってきたが、当初は、それらを順次高速増殖炉に置き換えてプルトニウムを増殖し、永遠のエネルギーを確保する「夢」を描いていた。

しかし、もんじゅのナトリウム火災事故や中継装置落下事故を見ても分かるように、ナトリウムを人間が手なずけるのは、容易なことではない。高速増殖炉が商業炉として「ものになる」はずがなかった。そして福島第一原発事故が起こり、今ある原発の再稼働さえ見通せない中、増殖の「夢」を見ているどころではなくなった。もんじゅは、もう完全に時代遅れになり、推進側にとってもほとんど意味のないものになってしまっていた。

もはや「核燃料サイクル」は、プルトニウム増殖のサイクルを指す言葉ではない。使用済み核燃料から取り出すプルトニウムにウランを混ぜて作る「ＭＯＸ（モックス）燃料」（Mixed Oxide＝混合され酸化した、の意）を、既存の原発で燃やす「プルサーマル（プルトニウムとサーマル＝高温から取った造語）発電」をする……。そんな、ある意味で〝けち臭い〟サイクルのことを指すものでしかないのである。

小林は、もんじゅの終焉が近づいているのを感じた。そして、気がつけば自分も齢七〇を過ぎ、人生の終盤にさしかかっていた。

戻らない遺品

一方、「もんじゅ西村裁判」は、二〇〇九（平成二一）年一〇月に二審の東京高裁で原告側が敗訴し、最高裁に上告。一二年の一月三一日、最高裁は上告を棄却した。理由は、「原告側は原審判決に理由の不備・食違いがあるとするが、実質は事実誤認や法令違反を主張するものであって、上告する事由に該当しない」というものだった。

決定の通知を弁護士からファックスで受け取った西村トシ子は、唇を噛んだ。「予想はしていたけど、やっぱり棄却なのね」

夫・成生の「自殺」を防ぐことができなかったとして、旧動燃を安全配慮義務違反で訴えてから七年あまり。裁判は、トシ子にとって心の支えになっていた。

「私は、これからどうしたらいいのかしら……」突然見知らぬ場所に放り出され、道に迷ってしまったような感覚に、トシ子は襲われた。

「成生さんの遺品のうち、まだ警察から返却されていないものがある」数か月後のある日、トシ子は以前に「犯罪被害者等給付金」の提起をした際に、東京都が弁明のため昨成した文書を見直していて、そう思った。文書には、成生が転落したとされるホテルの現場に、警察が到着した際の様子が記されていた。

「濃紺背広上下、ワイシャツ、黒色靴下を着用した亡成生が、救急隊の担架にうつ伏せの状態で乗せられていた」

成生はその後、聖路加国際病院に救急搬送され、着衣を取って検死を受けた。しかし、着用していたはずの背広上下・ワイシャツ・靴下は、どうなったのか……。

東京都の文書には、警察がホテルの室内を確認した様子も記されている。

「コートとマフラーがハンガーに掛けられていた。また、ベッドの上には革鞄が置かれており、中には現金二三万円余のほかクレジットカード等在中の財布、高速増殖炉「もんじゅ」のビデオ問題の調査書類等が入っていた。」

成生の遺品としてトシ子のもとにあるのは、警察から遺書とともに渡された腕時計と財布と鍵、そして病院の霊安室の前で旧動燃・大畑理事から渡された、鞄とコートだけだった。

トシ子が改めて聖路加国際病院に問い合わせると、成生が搬送された当時、救急センターの看護師が作成した所持品チェックリストが残っていた。それによると、成生の所持品は以下のとおりだった。

時計・現金（五〇円）・鍵・コートとジャケット・ズボン・ワイシャツ・靴下・下着（シャツとパンツ）・ベルト・テレカ（三枚）・ペン（一本）・ガム（一本）

「ジャケットにズボン、ワイシャツ、靴下……他にも多くの遺品が戻っていないというのは、どういうことなの？」トシ子は改めて驚くとともに、リストに記された所持品の数々から、生前の成生の姿をありありと思い起こしていた。「成生さん愛用のマフラーは、どうなったのかしら？　それと、動燃から深夜にファックスで受け取ったはずの文書五枚は？　戻ってきた鞄の中には、入っていなかった。そもそも、そんなファックスが本当にあったのかどうかも疑しい……」

戻らない遺品に、トシ子は疑心を募らせた。

もんじゅで一万件の点検漏れ

福島第一原発事故は、発生から一年以上経っても、収束する見通しはまったく立っていなかった。

しかし、六月半ばに野田首相が、関西電力大飯原発の再稼働を正式に決定。コンピューターシミュレーションによる「ストレステスト」に合格した、というのがその理由だった。七月に入り、大飯原発は再稼働したが、福島第一原発事故の原因の検証も不十分な中での再稼働に、国民の反発が強まり、毎週金曜に行われる官邸前デモには数万人が参加して、再稼働反対の声を上げた。

九月には、経産省原子力安全・保安院と内閣府原子力安全委員会が廃止され、新たに発足した原子力規制委員会に統合された。

その直後のことだった。原子力規制委員会の事務局である原子力規制庁が、もんじゅで通常の保安検査を行い、検査官が「点検漏れ」を一件見つけた。この「点検漏れ」とは、保全計画に点検の期限を定めているのに、点検が行われないまま、期限が過ぎてしまっている状態のことだ。

これを受けて、もんじゅを運転管理する原子力機構は、保全計画に定める三万九〇〇〇件すべての点検を行った。すると、電気保修課で「九六七九件」もの点検漏れがあったことが判明し、一一月末に規制委員会に報告された。

しかし、この報告と同時に行われた保安検査で、「九七六九件の根拠となる文書などが整理されておらず、全体像の検証はできない状況」と指摘を受けた。さらに、原子力機構が報告したもの以外に、新たな点検漏れがあることも分かった。

京大原子炉実験所元講師の小林は、一万件近い点検漏れがもんじゅで見つかったと聞き、その報告内容を見て驚き呆れた。「機器やスイッチが何万点とある。装置さえ付けていればいい、というものではないだろうに、人がいいと指摘したものを、何でもかんでも付けたんだろう」

規制庁の聞き取り調査によると、点検作業の現場では「一人が三〇〇〇件から四〇〇〇件」を受け持っているという。二年前に起きた炉内中継装置の落下事故で、その引き抜きに手こずり、点検作業のスケジュールを圧迫したのだと想像できた。さらに福島第一原発事故が起こり、原子力機構は機能不全に陥ったのだった。

「底なし沼で身動きが取れなくなった巨象みたいなものだ……」小林は、もんじゅの現状をそんな光景に重ね合わせた。

原子力規制庁は一二月、これらの点検漏れは原子炉等規制法の「保安規定遵守義務違反」「保安措置義務違反」に該当すると判断し、原子力機構に対して原因究明と再発防止を求めた。

翌二〇一三（平成二五）年の一月、原子力機構は報告書を上げた。その中で、点検漏れ件数は「九八四七件」だったと訂正、起こった原因は「点検実績・期限が未確認だった」「経営層と現場とのコミュニケーションの不足」などとしたほか、再発防止策として「業務管理範囲の適正化」「要員を増やす」「安全文化の醸成」などを実施する、としていた。

原子力機構は、旧動燃時代から事故を起こすたびに、組織的な問題がその背景にあったとして、「根本的な改善策の実施」を謳ってきた。しかし、規制委員会は「今回も含め、原子力機構において、過去から存在する組織的背景要因が未だに解決されず、残っていることを強く示唆している」と指摘した。

規制委の島崎邦彦委員長代理に至っては、「こういう組織が、存続を許されていること自体が問題」と発言して、原子力機構を厳しく批判した。

その後も、もんじゅでは検査するたびに点検漏れが発覚する事態が続いた。「形式的なミスが出るのはやむを得ない」と開き直っていた原子力機構の鈴木篤之理事長も、五月半ばには引責辞任することになった。

そして、月末には、原子力規制委員会から原子力機構に、もんじゅの運転再開の準備を停止する命令が出された。事実上の運転停止命令である。もんじゅは、断末魔の叫び声を上げていた。

闘病の日々

同じ年の九月、アルゼンチンでＩＯＣ（国際オリンピック委員会）の総会が開かれていた。

「フクシマについて、ご案じの向きもあるでしょうが、私が保証します。ザ・シチュエーション・イズ・アンダーコントロール！」

前年一二月、衆院選での勝利で政権を奪還し、首相に返り咲いた安倍晋三が、東京オリンピック招致のためのプレゼンテーションで、そう叫んだ。安倍は、民主党が決めた「二〇三〇年代に原発稼働をゼロに」の見直しを明言し、原発の海外輸出なども積極的に進めていた。

「一日に四〇〇トンの地下水が福島第一原発の原子炉建屋に入り、溶けた核燃料に触れては海に流出しているというのに、何がアンダーコントロールだ」

自宅のテレビで、安倍が身振り手振りを加えて演説する様子を見ていた小林圭二は、歯噛みしながらつぶやいた。こんなときこそ、原発の反対集会に出て運動を盛り上げたかったが、自身の体力の著しい低下が、それを許さなかった。

小林は一年ほど前から、歩くときに足を引きずるようになった。病院で診断を受けた結果、パーキンソン病と診断された。手足の震えや体のこわばりなど、運動機能に障害が出て、すぐに転ぶようになった。また、この年二月には、病院の検査ですい臓がんの疑いを指摘された。すい臓がんは、発見から五年後に生存する率が五パーセントという、致死率の高いがんである。セカンドオピニオンを求めて別の病院にも行ったが、医師の所見は同じで、がんの摘出手術を受けるために、入院しなければならなくなった。

しかし、小林にはすぐに入院できない事情があった。妻の翠《みどり》もまた神経障害をともなう難病にかかっていて、その介護と家事一切を小林がしていたからだ。地域の福祉サービスにかけ合い、妻の面倒を見てもらう施設の段取りをつけたうえで、入院して手術を受けた。

その後、社会復帰はしたものの、手術の影響で肉体は痩せ細り、体力もガタ落ちしていた。長年、趣味で続けていた沢登りなどは、到底できるはずもなかった。入院前に依頼を受けていた講演も、すべてキャンセルせざるを得なかった。

一一月二二日、街中の銀杏が鮮やかな黄色に染まった京都市内に、小林はいた。母校の京都大学を訪れるためだ。農学部などがある北部キャンパス門前には、「熊取六人衆講演会ｉｎ京都大」と書かれた大きな立て看板があった。学園祭の催しとして学生が企画した内容は、あの「熊取六人組」を勢揃いさせるという主旨だった。京大原子実験所の現役助教である小出裕章は所用で不参加だったが、同じく現役の今中哲二、ＯＢの海老澤徹、小林圭二、川野眞治の計四人が顔を揃えた。

小林はこの日、妻にデイサービスを受けてもらって、何とか参加を果たした。しかし、講演でうまく話ができるかどうか不安だった。

海老澤に続いて二人目に登壇した小林は、こう切り出した。

「小林です。じつは私、講演するのが一年ぶりぐらいで、口が動くかどうか、ちょっと心配なんですけども、何とかやっていきたいと思います」

そして、やはり専門分野である高速増殖炉について、話し始めた。

「高速増殖炉は、自分が動くために使った燃料の量ですね、それよりも多い量の燃料を、動かしながら作れるんだという謳い文句で、宣伝されてきました。このような消費量よりも生産量のほうが多いということを「増殖」と呼んでおりまして……」

小林の声はか細く、聞きづらかった。内容がより専門的になると、会場では居眠りする人たちが目立った。しかし、小林は話し続けた。科学者として、専門知識を社会に還元し、人々と連帯する……。この京大で原子力を学んだときからの信念は、そのか細い声の中に変わらず、貫かれていた。

一時間近くに及んだ講演の最後に、小林は言う。

「つまり、もんじゅは時代遅れ……推進側の立場からも、まったく意味のない計画だということです。それでももんじゅが動き出したら、それなりの危険性をもって動くわけですから、これを許さないようにしていきたい。そういう盛り上がりがほしい」

そして、こう警告することも忘れなかった。

「また、高速炉として廃棄物処理の目的のためにやるんだ、というふうに見直し議論が進んでいるかと思うと、いつの間にかまた増殖炉の路線が復帰するわけですね。「え、いつの間に、どこで議論したのか」というくらいの唐突さでもって、素知らぬ顔で増殖炉路線が復帰するんですよね。こういう隠然たる原子力ムラの存在があって、どんなに不合理で無駄であっても、それを手放さないという流れがある。これを何とか打ち破るのが、これからの大きな課題ではないかと思います」

そう言い終わると、小林は申し訳なさそうに付け加えた。

「この講演が終わると同時にここを出るという、大変な失礼をいたしますが、お許し下さい。どうも……」

心もとない足取りで壇上から去る小林に、会場から労いの拍手が起こった。

遺品返還訴訟

二〇一四(平成二六)年になった。西村トシ子は、夫・成生の遺品返還を求めて、再び訴訟を起こそうと考えていた。しかし、裁判で原告代理人となってくれる弁護士は、なかなか見つからなかった。

ちょうどその頃、東京・霞が関の経済産業省前でテントを設置して、「脱原発」を訴えている市民団体のメンバーに対して、国が立ち退きなどを求めた訴訟が行われていた。この市民団代のメンバーの一人が、被告側代理人の大口昭彦弁護士をトシ子に紹介してくれた。

どのような方針で訴訟をするかについて、トシ子と大口弁護士は相談し、成生の遺品のうち未返還のものは、旧動燃と警察の双方にあるが、警察に対して訴訟をすることにした。聖路加国際病院で見つかった成生の所持品チェックリストの存在が、遺品が返却されていないことの動かぬ証拠になると判断したからだ。

「成生さん、また裁判をするからね。あの日着ていた衣服、靴、ホテルで受信したファックス五枚を、絶対に取り返さないと……」仏壇の前に置かれた成生の遺影に、トシ子はそう誓った。

その数か月後、トシ子は東京・日本橋の「センターホテル東京」を、弁護士や支援者らとともに訪れた。成生が転落死したとされる、あのホテルである。訴訟を前に、成生が宿泊したという八階フロアの部屋を借り切って、検証を行うのが目的だった。

「あれ、こんなところに門扉ができているわ……」ホテルの手前で、トシ子は成生の遺体が見つかった非常階段がある敷地に、人の背丈ほどの黒い、鉄製の門扉があるのに気づいた。

以前は、歩道から直接行き来できるようになっていて、トシ子が成生の命日にカサブランカの花を置いていた場所だ。

「しばらく来ないと、いろいろと変わるのね……」部外者の立ち入りを拒むような門扉を見やりながら、トシ子はホテルに入った。

チェックインを済ませ、エレベーターで八階まで上がる。そして、成生が宿泊したという八〇三号室に入った。ビジネスホテル仕様の備品一式が置かれた、何の変哲もないシングルルームである。

「こんな部屋に、成生さんが泊まるはずないわ……」トシ子は、生前の成生がよく出張で宿泊する際に、多少自腹を切ってでも広めの部屋を予約していたことを思い出していた。

それと同時に、目の前の八〇三号室のレイアウトが、実際とは違うことにも気づいた。成生の死亡時に警察から見せられた写真では、カウンターとベッドが正反対の位置に写っていた。

「もしかしたら……」トシ子は、八〇三号室とは壁を隔てて隣の、八〇一号室に行ってみた。

するとと、警察から見せられた写真と同じレイアウトになっていた。つまり、八〇三号室を反転させたタイプの部屋だった。ちなみに八〇一号室は、一緒に出張に行くことになっていた大畑元理事が泊まった部屋である。

八〇一号室のベッドの上に座って、トシ子はしばらくの間、物思いに耽った。「……大体、このホテルに公用車で大畑さんと来たということ自体、おかしいのよ。もんじゅで事故が起きた後、みんな動燃の中で徹夜していた。ホテルになんか泊まってない。成生さんも、徹夜ばかりでお風呂にも入れないって言うから、私が下着とかを持っていった……」

「仮に、敦賀で次の日に何かあるにしても、動燃の中で徹夜してでも会議をするはずよ。それまでにホテルになんか泊まったことがないのに、何でいきなり、この日はホテルということになるのかしら……」

トシ子は、成生は絶対ここに泊まっていないと思った。

遺体にしても、まるで転落した形跡などないように見えた。聖路加国際病院の医師や、他の法医学者から聞いた話からも、それは確信できた。

「では、一体なぜ?」問いかけはいつもここで行き止まる。一八年間、その繰り返しだった。

翌二〇一五（平成二七）年の二月一三日、トシ子は警察と東京都を相手取った「遺品返還訴訟」を、東京地裁に提起した。

もんじゅ廃炉の決定

西村トシ子が「遺品訴訟」を起こしたのと同じ年の一一月一三日――。原子力規制委員会が文部科学省に対して、「もんじゅ運営体制の見直し」を勧告した。

もんじゅを運営する原子力機構は、二年前の五月に運転停止命令を受けていたが、その後も、機器についての重要度分類の間違いが発覚するなど、不祥事を続けていた。そして、とうとう規制委員会は、「半年以内に原子力機構に代わる運営主体を示さなければ、もんじゅのあり方の抜本的見直しを求める」と、最後通告をしたのだった。期限は半年。文科省は、代わりの候補を検討する方針を示した。

翌一二月には、元文相の有馬朗人を座長に有識者検討会を作り、受け皿となる新法人を作って、もんじゅを存続させる方向で検討を進めた。

一方、同月二五日には、もんじゅの設置許可処分を取り消すよう求める「新もんじゅ訴訟」が、東京地裁に提起された。原告は、もんじゅから二五〇キロ圏内の住民一〇六人。「もんじゅ廃炉」が視界に入ってくるなか、改めてもんじゅの危険性を社会に発信し、推進側の「悪あがき」をけん制する狙いがあった。

京大原子炉実験所元講師の小林圭二は、自宅で妻の介護を行う日々の中で、提訴の知らせを受けた。

「推進側は、看板をかけ替えるだけで、実際の運営は機構のままにしようと目論んでいるだろう。福島第一原発事故の経験もふまえて、ここできちんと引導を渡しておかなくては」

新たな訴訟の提起にあたって、小林は東京地裁にかけつけたい思いで一杯だったが、妻の病状や自らの体力低下がそれを許さなかった。

翌二〇一六（平成二八）年の夏には、すい臓がんの再発が見つかり、小林は手術を受けて、すい臓を全摘出した。これにより、血糖を下げるインスリン分泌の機能が失われ、退院後は、血糖値のコントロールをするための自己管理が欠かせなくなった。

そして、その一か月後、妻の翠が亡くなった。

ちょうどその頃、もんじゅの命運を左右する会合が、首相官邸で行われていた。三年前に、原子力政策に関する重要事項の検討を目的に設置された、「原子力関係閣僚会議」だ。

外相・文科相・経産相・環境相などの関係閣僚で構成され、会議を主催するのは内閣官房長官の菅義偉だ。

九月二一日、午後六時から行われた会議では、まず世耕弘成経産相から、こう説明があった。

「使用済み燃料を再処理し、取り出したウランとプルトニウムを燃料として再利用する核燃料サイクルは、将来的には高速炉でのサイクルを目指す。私が主宰する「高速炉設置会議」を新たに設置して、今後の高速炉開発の方針案を策定したい」

その文言の中に、もう「増殖」の文字はなかった。これを受けて、松野博一文科相が説明を行う。

「もんじゅはナトリウム漏れ事故後、運転を再開したが、炉内装置の落下トラブル以降、停止状態が続いている。実際に運転した期間は短いものの、多くの成果を得ている。これらについて評価、総括するとともに、今後のあり方について、抜本的な見直しを行っていきたいと考えている」

そして、最後に菅官房長官がとりまとめを行った。

「新たに設置する「高速炉開発会議」で、今後の高速炉開発方針案の策定作業を行い、本年中に決定する。また、もんじゅについて、本年中に廃炉を含めて抜本的な見直しを行う」もんじゅの廃炉が事実上、決まった瞬間だった。会議は、わずか二〇分で終了した。

「もんじゅ廃炉へ」

翌日の新聞各紙は、一面でこれを報じた。

とはいえ、核燃料サイクルは継続し、再処理もやめない。しかも、新たな高速炉を開発するというのだ。また、その所管は文科省ではなく経産省である。これは、ナトリウムで冷却する原子炉の開発そのものは温存して、電力業界・原発メーカーなどを守り、その利権を経産省が文科省から奪い取ったということにほかならない。また、プルトニウムの取り扱い技術を持ち続けることで、安全保障面での潜在的抑止力を保ちたいという、外務省の思惑にも沿う。

福島第一原発事故後の「脱原発」機運の高まりもあり、向こう受けを狙った「もんじゅ廃炉」は、もはや、省庁間の取り引き材料に過ぎなかった。

一〇月一日、大阪で開かれた「もんじゅ反対集会」に、久しぶりに顔を見せた小林は、登壇して参加者にこう語った。

「これまでも、いろいろな言葉を駆使して、国民をだまし続けてきたので、官僚の言葉にだまされてはいけない。国は核燃料サイクルを推進するというが、六ヶ所村の再処理工場は軽水炉でＭＯＸ燃料を使ってプルサーマル発電を行うものです」

「今、さらに減容などと言っているが、それにはさらに違った再処理工場が必要で、お金はもっとかかるし、核廃棄物がさらに増えるという、大変なことになっていく」

その二か月後、一二月二一日に行われた原子力関係閣僚会議で、もんじゅ廃炉の方針は正式に決まった。これに先立って、政府から廃炉の方針を伝えられていた地元は、反発を強めていた。

「経緯の説明が不十分だ。内容を判断する段階ではない」（福井県・西川一誠知事）

「廃炉ありきの議論で、納得できない」（敦賀市・渕上隆信市長）

しかし、ひとたび決まった「廃炉」への流れは、止めようもない。敦賀半島の寂れた漁村に「夢の原子炉」建設の計画が持ち上がり、国からの設置許可が下りてから三四年……。高速増殖炉もんじゅは、原子力の巨大なパワーを人間が制御し、人類の平和と幸福に役立てる象徴的存在となるはずだった。しかし、完成前からトラブルが相次ぎ、一兆円の国費を投入して、運転したのは二五〇日。まともな実績も残せないまま、道半ばでその使命を終えようとしていた。

遺品訴訟のその後

「やっと廃炉なのね。少し肩の荷が下りたわ……」もんじゅの廃炉決定のニュースを、テレビで見た西村トシ子は、そう思った。

もんじゅでナトリウム漏れ事故が起こり、ビデオ隠し問題をめぐって、夫の成生が死亡してから、二〇年あまり。その死の真相を知りたいと、孤独な闘いを続けてきたトシ子にとって、もんじゅ廃炉の決定は嬉しい知らせだった。

一方、遺品の返還を求め、警視庁に対して起こした訴訟は、進行中だった。この年一〇月一二日には、成生の遺体がホテルの敷地で発見された際に捜査に当たった、元中央署員二人に対する証人尋問が行われた。

「遺品はすべて返しているはず。中央署に遺品はない」

法廷で、元署員二人はそう口を揃えて証言し、トシ子が主張する「遺品返還」に対する責任はないと主張した。

しかし、原告代理人の大口弁護士が質問に立ち、警察官が検死する際の規則について確かめると、綻びが出始めた。

「変死事案にあたっては、現場を保全し、遺留品をすべて管理し、一時預かりした遺留品を返すときには、引渡書に記載の上、受取証をもらう」

元署員はそう認めたが、遺族であるトシ子には、そのような書類を受け取った覚えはなかった。また元署員は、次のようにも証言した。

「西村さんの衣服は、聖路加国際病院の霊安室に、ビニール袋に入れて置いてあった。監察医と警部補が遺族に対応した」

すると、今度はトシ子が自ら質問に立った。

「霊安室に衣服などありませんでしたよ。監察医とも会っていません。おっしゃっていることは本当ですか？」

元署員は、しぶしぶ記憶違いを認めざるを得なかった。ちなみに、病院の霊安室でトシ子に対応した当時の警部補は、証人申請をした直後に死亡していた。

この日の証人尋問では、中央署員が現場に到着したときから「自殺＝事件性なし」との予断を持っていたことも、明らかになった。

「飛び降り自殺との一一〇番通報を受け、現場に着いたときには、すでに救急隊が到着して西村さんを救急車に運び入れようとしていた。警部補から「この人はもんじゅの人だから、遺体の位置関係を写真に撮っておいて」と指示された」

元署員は、そのように証言した。

これに対し、弁護団が「どのように、落下地点であると特定したのか」とただすと、答えは曖昧に終始した。

警察はホテル室内に「遺書」があったことと、第一発見者の動燃・大畑元理事とホテル従業員からの事情聴取だけで「自殺＝事件性なし」と判断、ホテル室内で指紋採取や遺留品の調査などを行っていなかったのだ。

原告席で、元署員の証言を聞きながら、トシ子は思った。「これじゃあ、ホテルの部屋に成生さんが泊まっていたのかどうかも、分からないじゃないの。本当は、誰も泊まっていなかったのかもしれない。誰かがそんなふうに罠を仕組めば、可能かもしれない……」

最後にトシ子はこう尋ねた。

「遺書を書いた万年筆はあったのですか？　私の手元には帰ってきていません」

証言台に立った元署員が、決まり悪そうに返した答えは、「記憶にありません」というものだった。

翌二〇一七（平成二九）年三月一三日、東京地裁は「遺品訴訟」で、次のような判決を言い渡した。

「原告の請求をいずれも棄却する。」

判決理由で裁判所は、「事故は起訴よりも一九年も前に発生したもので、当時事件性がないものとして処理されている」として、一般的にはこのような事案では「遺品は遺族に返還されるか破棄されると考えられる」と言う。

そして、「警察が遺品を現在も占有しているとは認められないので、原告が被告・東京都に対して主張するような職務上の注意義務はない」として、原告の請求には理由がないと結論づけた。成生の「自殺」の不審性に一切踏み込まず、本来返還されるべき遺品の「不在」にも向き合おうとしない、言葉をつなぎ合わせただけの判決文だった。

トシ子は「不当判決」として、すぐさま控訴した。

終の棲家

かつての貨物線を改良してできた「ＪＲおおさか東線」の長瀬駅から、住宅街を一〇分ほど歩くと、竣工からさほど年数の経っていない、三階建ての「ケア付き老人ホーム」が見えてくる。この施設の一室が、小林圭二の新居だった。

二〇一六年秋から、低血糖症の発作が頻発したこともあり、一人暮らしが難しくなった。家族とも相談の上、一七年三月に和泉府中市の自宅マンションを引き払い、東大阪市にあるこの施設に引っ越してきた。

「二四時間、看護師さんがいて安心だし、住み心地は非常にいいが、ここに移るために、反原発の資料をほとんど処分せざるをえなかったのが、残念だったな……」

小林は、京大原子炉実験所を定年退職した後、それ以後の人生を「市民科学者」として生きようと決め、そのとおり歩んできた。そのため、退職後に住んだマンションには、関係資料がまるまる一部屋分あったが、新しく移った施設の部屋に収納することは、到底無理だった。

緑内障で視力がめっきり衰えたため、仮に豊富な資料が手元にあったとしても、結局それを読みこなすことはできなかったかもしれない。部屋の中では、もっぱら音楽CDとラジオを聴いて過ごした。

そんな中、五月には新聞記者の取材を受けた。テーマは、「核燃料サイクル政策」についてだ。

「核燃料サイクルの目的は、資源の大幅な拡大であり、高速増殖炉がないならば、まやかしです。今、使用済み核燃料を再処理してプルトニウムを取り出し、通常の原発で燃やすプルサーマルが行われていますが、資源上の効果はほとんどないし、高コストで意味がありません。もともとプルサーマルは、高速増殖炉の実現までの「つなぎ」程度に考えられていたのです……」

「もんじゅでは、二〇一〇年八月に炉内中継装置が原子炉内に落下し、復旧に手間取りました。原子炉や配管に満たされたナトリウムは不透明なので、故障した場所を見つけたり、原子炉内に落下した部品を探したりするのに、膨大な時間と費用を要します。高速増殖炉が社会のインフラとして成り立つのは無理、というのがこの間の様々なトラブルの教訓だと思います」

和やかな笑顔の写真とともに、インタビュー記事は紙面を大きく使って掲載された。

しかし、この施設の一室は小林の「終の棲家」とはならなかった。翌二〇一八（平成三〇）年の二月、小林は施設内で倒れ、大阪市内の病院に担ぎ込まれた。胆管炎にかかったことが原因だった。

四月から、さまざまな病気の治療のため三か月間入院したが、入居しているケア付き老人ホームでは、適切な対応が難しいため、新たに介護老人保健施設に入居した。急性期を過ぎて六月末に退院する際には、その介護老人保健施設の系列の大阪市内にある病院に、転院した。

「もんじゅの廃炉で、ナトリウムの抜き取りはどうなるんだろうか。ナトリウムを入れるのは簡単だけど、出すのは大変だ……」

パーキンソン病の影響で、ときに幻覚を見ることもあった小林だったが、頭の冴えたときには病院のベッドで、やはり、もんじゅの行く末について考えた。

「放射能汚染されていない二次系ナトリウムはいいとしても、問題は原子炉容器内の放射能を帯びた一次系ナトリウムだ。配管をとおして別のタンクに抜き取るという話だが、容器の内壁に付着したナトリウムを処理しないまま解体して、空気に触れたら、爆発の恐れもある」

「ちゃんとした計画もないのに、廃炉という言葉だけが飛び出してきた。ナトリウムの抜き取りは、国内ではほとんど経験がない。漠然と「廃炉」というが、そんなにたやすく成し遂げられるものではない」

もんじゅの廃炉は、二〇四七年度までの三〇年間という長期にわたる計画だ。もんじゅを運営する原子力機構は、海外での高速増殖炉を廃止した事例を参考に、作業を進める方針を示していた。廃炉にかかる経費は、三七五〇億円としていた。

「そんなもんじゃない、絶対に違う。実際にやり出したら、もっとかかるに決まっている」

意識がまだら模様を描く中でも、小林は踏み止まって考えた。

「そもそも、廃炉にメリットはあるのか。もんじゅを廃炉にしても、新たに高速炉を作るというような産業化の発想では、放射性汚染物の量がどんどん増えていく。むしろ廃炉にせず、厳重に保管・管理して、これ以上、放射性廃棄物は増やさない、というやり方もあるが……」

その後、小林の容体は幾分改善して退院、老人保健施設での新しい生活が始まった。しかし、歩行が自力では困難になり、寝ているとき以外は、車椅子で行動するようになった。また視力もほとんどなくなり、声で相手が誰かを判断するような状態だった。

元号が「令和」に替わった二〇一九年の五月には、見舞いに訪れた京大原子炉実験所の「六人組」のメンバーらと、自室で餃子と焼きそばを囲んで談笑したり、近くの川べりを一緒に散歩したりした。

そして、その一〇日後の五月二七日、小林は施設の部屋で八〇歳の生涯を閉じた。夜中に見回りの職員が、小林の呼吸が止まっているのを発見した。すい臓を全摘出した場合、

小林圭二　遺影

いったん体調が持ち直しても、いつ急変が起きてもおかしくないと、医師からは言われていた。
　大阪市内の葬儀場で行われた通夜・告別式では、白い花々に飾られた祭壇の真ん中に、腕白な少年のように笑う小林の遺影が置かれた。原子炉実験所時代の同僚や研究者仲間、各地の反原発運動に携わる市民、伊方原発やもんじゅの訴訟に関わった弁護士など、弔問に訪れたさまざまな人々の焼香が続く中、会場には、小林が好きだった作曲家・武満徹の混声合唱曲が、静かに流れていた。

青空みたら　綿のような雲が　悲しみをのせて　飛んでいった
いたずらが過ぎて　叱られて泣いた　こどもの頃を惟《おも》いだした
夕空みたら　教会の窓の　ステンドグラスが　眞赫《まっか》に燃えてた
夜空をみたら　小さな星が　涙のように　光っていた（「小さな空」作詞・作曲：武満徹）

終わらない闘い

西村トシ子が夫・成生の衣服などの返還を警察に対して求めた「遺品訴訟」は、二〇一七年三月の東京地裁での敗訴に続き、同じ年の九月一三日、東京高裁判決でも請求が棄却され、敗訴となった。

トシ子はこの判決の結果を受けて、最高裁への上告をしないことを決めた。「上告しても時間を取られるだけだわ。方針を切り替えて、今度は動燃を訴えよう。大畑さんなら、すべてを知っているはず……」

翌二〇一八年二月二二日、トシ子は旧動燃を引き継いでいる原子力開発研究機構と、旧動燃の大畑宏之元理事を相手取って遺品返還を求める訴訟を、再び東京地裁に起こした。高裁判決は、一部の遺品が、成生の遺体の第一発見者とされる旧動燃・大畑宏之理事の手に渡っていた事実を認定していた。

成生が死んだ日、トシ子が大畑元理事から渡された遺品の鞄には、動燃本社からファックス送信された文書五枚は入っていなかった。成生が何時まで生きていたかを知る上での、大切な証拠となるファックス文書……。あの日、成生が泊まっていた部屋に入ったという大畑理事なら、それを知っているに違いないと、トシ子は思い続けてきた。

西村トシ子、裁判所前で

同じ年の四月一九日、東京地裁——。第一回期日の口頭弁論で、トシ子はこう訴えた。

「夫がビデオ隠し問題で出席した記者会見の後から、ホテルの敷地内で遺体が見つかって警察に撮影されるまでの八時間、納得できる事実は一切明かされていません。西村成生を生きたまま返して下さい。できないなら、遺品を返して下さい！」

しかし、その後予想しなかった事態が起こった。被告の大畑元理事が、訴状が送達された数日後の三月八日に、死亡していたことが分かったのだ。

「警察に対して起こした前の遺品訴訟では、現場を指揮した警部補が証人申請をした直後に亡くなり、今度はキーマンの大畑さんが……」

トシ子は、得体の知れない怪物と闘っているように感じた。訴訟の被告は、大畑元理事の遺族が引き継ぐことが、代理人の弁護士を通して明らかになった。

一方、福井県敦賀市にあるもんじゅでは、廃炉作業が始まっていた。

まず行われるのが、核燃料の取り出しだ。この年八月から貯蔵層内にある一六〇体の核燃料の取り出しが始まり、翌一九年九月からは原子炉内にある三七〇体の核燃料の取り出しが始まった。その後に行われるのがナトリウム機器や建物の解体撤去で、作業全体としては二〇四七年度の終了を見込んでいる。

夢の原子炉、もんじゅ――。

原発から出る使用済み核燃料を再処理して燃やすことで、本来は燃えないウランを燃料プルトニウムに変え、使った分より多いプルトニウムを生み出す……。国が一九五〇年代から開発にあたり、核燃料サイクルの要と位置づけられた。しかし、その「夢」は破れた。核燃料サイクルのもうひとつの要である六ヶ所村再処理工場も、一九九七年に完成する予定だったが、二〇年以上経っても操業できないでいる。つまり「核燃料サイクル」とは言うものの、当初の目的に叶う形でサイクルは回っていない。

いま国が「核燃料サイクル」と称する、ＭＯＸ燃料を軽水炉で使うサイクルも、問題だらけで実現は困難だ。そして、再処理工場の建設費は、もんじゅをはるかに上回る二兆一四〇〇億円。総費用は二〇一八年現在で一三兆九三〇〇億円と見積もられている。巨額の金を使い「見せかけのサイクル」を回し続けるツケは、電気料金に上乗せするかたちで、国民が支払わされている。

二〇二〇年一二月二四日——。新型コロナウィルスの感染者数が全国で三〇〇〇人の大台を超え、過去最高を記録し続ける中、東京地裁のある霞ヶ関の官庁街も、人影はまばらだ。

遺品返還訴訟は、この日一三回目の口頭弁論の期日を迎えた。西村トシ子は、一一時の開廷前に裁判所前でビラ配りをし、道行人たちに支援を訴えた。

「夫・西村成生の遺品を返して下さい。私の夫は本当に自殺したのでしょうか。司法の場での真相究明をめざしています！」

トシ子の髪には白いものが目立つようになった。訴訟の提起から一六年の歳月が流れた。この間の周囲の反応は「奥さん、そんなことやったって無理だよ」という、冷ややかなものだった。ところが、もんじゅ廃炉が決まると、「良かったね」「ほんとに廃炉になったんだね」と、明らかに風向きが変わった。

トシ子は自分のこれまでの闘いが、もんじゅという巨大な城塞が毀《こぼ》たれるときの「蟻の一穴」となったのではないか、と感じていた。

「一人の人間を犠牲にしてまで維持しなくちゃいけないものなんて、この世にあっていいわけがない。闘いは無駄ではなかった……」

しかし、成生の死の真相は、未だ闇に包まれたままだ。トシ子は、さらに声を張り上げた。

「私は真実を知りたいだけです。そうでなければ、夫の死はそのままにされてしまいます。私の一生は、もんじゅに翻弄され続けてきました。犠牲者は私一人でたくさんです。このままでは終われません！」

あとがき

一体もんじゅとは何だったのか。二〇一六年末の「もんじゅ廃炉決定」を受け、長く「反原発」の立場から、もんじゅについて研究し警告を発してきた小林圭二さんに話を聞き、それをまるごと一つのストーリーにしよう。そう考えたのが、本書執筆のきっかけだった。

ただ、小林さんの立場からだけでは、「もんじゅとは何だったのか」というテーマの全容は、見えてこないとも感じた。そこで、当時「遺品訴訟」を闘っていた西村トシ子さんにも話を聞こうと、東京都内にある自宅に通った。

その結果、本書は小林さんと西村さん各々の人生に光を当て、その照り返しとしてもんじゅを描くという構成になった。

当初、小林さんは高速増殖炉の開発に夢を見たし、西村さんはもんじゅの開発・運転に携わった旧動燃の幹部である夫・成生さんを支えた。その意味では二人とも、もんじゅの「インサイダー」である。

しかし、その後にもんじゅの罪深さを見抜き、小林さんは専門家として、西村さんは遺族として、もんじゅの「アウトサイダー」となった。いや、そうならざるを得なかった。

人生の分岐点で、険しい道とそうでない道があるとき、あえて険しいほうを歩むことを選んだ二人の、強い意志と真摯な生き方に心を動かされたことが、原稿を書き進めるうえでの力となったことは、言うまでもない。

もんじゅの今後だが、最終章に記したように、廃炉までにはまだ二五年以上の年月がかかる。もっとも、これはもんじゅを推進してきた側の言い分であり、それを言葉どおりに受け止めてはならないことは、ここまで本書を読み進まれてきた方にとっては、自明のことであろう。

もんじゅは運転開始以来、まともに稼働することなくもっぱら停止していたが、それでも雇用や地域経済の維持に寄与してきた側面はある。しかし、今後、廃炉作業だけでそれらを維持するのは難しい。

また、仮に廃炉に漕ぎつけたとしても、日本の現状では使用済み核燃料の最終処分場を見つけるのが困難であり、もんじゅの敷地内に「一時的に」と称して、費用済み核燃料が留め置かれる可能性が高い。

もんじゅもほかの原発と同様、作ったら作りっ放しのリスクを、地元住民に背負わせる。その罪は贖われることなく、むしろこれからも続くのである。

こんなときに、小林さんがいてくれたら……。廃炉に向かうもんじゅの問題点をつぶさに洗い出し、新たな警告を発するとともに、白木浜で声を上げて市民運動と連帯したことだろう。しかし、もはやそれは叶わない。小林さんの志をどう受け継ぐか、われわれ自身が試されているのだ。

そして、西村さんの裁判は、今も続いている。遺品の返還を求め東京地裁に提起されている訴訟では、二〇二一年四月一九日、旧動燃の田島元秘書役への証人尋問が行われることになった。

しかし、田島元秘書役は健康状態を理由に、法廷に姿を現さなかった。

同じ日の法廷で、西村さんは自身への主尋問で「裁判所に言っておきたいことがありますか」と問われ、こう答えた。

「遺体の状態から、主人はホテル以外の場所で遺書を書かされ、暴行を受けて亡くなったと思います。私たちには生きる権利、知る権利があるのに、何回裁判をやってもそれが顧みられません。どうか人権が侵害されないように裁判をしていただきたい」

裁判は七月に結審し、九月に判決が出る。

本書の執筆に際しては、裁判資料に直接当たるなど、可能な限り事実に基づいたが、法廷でのやり取りを必要に応じて再構成したほか、登場人物の会話など一部をフィクションで補った。

最後になったが、「難読」の部類に入る本書の出版を、快く引き受けて下さった人文書院さん、中でも原稿を送ったその日のうちに返事をいただいた編集者の松岡隆浩さんに、心から感謝するとともに、資料の提供や原稿の推敲などでお世話になった多くの方々に、この場を借りて御礼を申し上げたい。

二〇二一年七月一五日　緊急事態宣言が明けた京都にて

細見　周

参考文献

●書籍・雑誌・文献

『高速増殖炉もんじゅ 巨大核技術の夢と現実』小林圭二著、七つ森書館、一九九四年
『高速増殖炉もんじゅ事故』小林圭二ほか著、緑風出版編集部編、一九九六年
「STOP・ザ・もんじゅ」第3号～226号　ストップ・ザ・もんじゅ事務局
『高速増殖炉の恐怖「もんじゅ」差止訴訟』原子力発電に反対する福井県民会議著　緑風出版、一九九六年
『原発訴訟』海渡雄一著、岩波新書、二〇一一年
『動燃十年史』動力炉・核燃料開発事業団、一九七八年
『動燃二十年史』動力炉・燃料開発事業団、一九八八年
『動燃三十年史』動力炉・燃料開発事業団、一九九八年
『日本分析センター十年史』財団法人日本分析センター、一九八四年
『原子力ムラの陰謀』今西憲之＋週刊朝日取材班、朝日新聞出版、二〇一三年
「原子力と仏教」『佛教タイムス』一九七〇年六月六日
「そこが聞きたい　核燃料サイクル政策」『毎日新聞』二〇一七年五月一五日
「私の夫は「動燃」に殺された！」『新潮45』二〇〇三年三月号
『中央流沙』松本清張著、中央文庫、一九九八年
『熊取六人組　反原発を貫く研究者たち』細見周著、岩波書店、二〇一三年

●ウェブサイト

「原子力安全研究グループ・原子力安全問題ゼミ」

http://www.rri.kyoto-u.ac.jp/NSRG/zemiindex.html

「もんじゅ・西村裁判Ⅲ」

https://95381767.at.webry.info

●映像

DVD「もんじゅ西村事件の真相」もんじゅ西村裁判を応援する会

DVD「もんじゅ西村（怪死）事件」もんじゅ・西村事件の真相を究明する会

2007（平 19）	もんじゅ改造工事終了（5 月） 西村裁判、東京地裁で敗訴（5 月 14 日）
2009（平 21）	西村裁判、東京高裁でも敗訴（10 月 29 日）
2010（平 22）	もんじゅ運転再開（5 月） もんじゅ、核燃料交換装置の原子炉内落下事故で運転再開不能に（8 月 26 日）
2011（平 23）	東日本大震災にともなう福島第一原発事故が発生（3 月）
2012（平 24）	西村裁判、最高裁が上告棄却（1 月 31 日） もんじゅ、およそ 1 万件の機器の点検漏れが発覚（11 月）
2015（平 27）	西村トシ子、もんじゅ遺品訴訟を東京地裁に提起（2 月）
2016（平 28）	政府がもんじゅ廃炉を含む抜本的見直しを決定（9 月） もんじゅ廃炉決定（12 月 21 日）
2017（平 29）	もんじゅ遺品訴訟、東京地裁で原告敗訴（3 月） 小林圭二、東大阪市の老人ホームに転居（3 月） もんじゅ遺品訴訟、東京高裁で敗訴（9 月）
2018（平 30）	西村トシ子、新たなもんじゅ遺品訴訟を東京地裁に提起（2 月）
2019（令和 1）	小林圭二、すい臓がんなどにより死亡（5 月 27 日、享年 80）

1986（昭61）	チェルノブイリ原発事故が発生（4月26日）
1987（昭62）	西村成生、ふげん発電所労務課長に（4月） 福井地裁が行政争訟で「原告適格なし」の判決（12月）
1990（平2）	西村成生、総務部文書課長に（4月）
1992（平4）	最高裁が行政訴訟で「全員に原告適格あり」と判断、地裁に差戻し（9月）
1993（平5）	西村成生、東海事業所管理部長に（4月）
1994（平6）	もんじゅ臨界（4月） 動燃理事長に大石博が就任（7月1日）
1995（平7）	もんじゅ発送電（8月） 西村成生、総務部次長に（10月） もんじゅでナトリウム漏れ事故が発生（12月8日） 動燃のビデオ隠しが判明（12月11日） 西村成生、ビデオ隠しの社内調査の担当に（12月21日） 小林圭二、京大原子炉実験所の原子力安全問題ゼミで「もんじゅ事故」をテーマに講演（12月24日）
1996（平8）	動燃がビデオ隠しの釈明会見（西村成生、3回目の会見で説明）（1月12日） 西村成生、遺体で発見（1月13日）
1997（平9）	小林圭二、もんじゅ訴訟で証言（10月8日）
1998（平10）	動燃が改組し、核燃料サイクル開発機構が発足（10月）
2000（平12）	もんじゅ訴訟、福井地裁が原告の請求を却下（3月）
2002（平14）	もんじゅ改造工事に伴う原子炉設置変更許可（12月）
2003（平15）	もんじゅ訴訟控訴審判決（名古屋高裁金沢支部）で原告側逆転勝訴（1月27日） 小林圭二、定年退職（3月）
2004（平16）	もんじゅ西村裁判、東京地裁に提訴（10月）
2005（平17）	もんじゅ訴訟、最高裁で原告側敗訴確定（5月） もんじゅ改造工事開始（9月） 核燃料サイクル機構と日本原子力研究所合併、日本原子力開発研究機構（JAEA）に改組（10月）

関連年表

1939（昭14）	小林圭二、中国・大連に生まれる（5月6日）（53年に日本帰国）
1946（昭21）	本田トシ子、生まれる（2月21日） 西村成生、生まれる（11月29日）
1959（昭34）	小林圭二、京大工学部原子核工学科入学
1964（昭39）	小林圭二、京大原子炉実験所入所
1965（昭40）	西村成生、中央大学法学部政治学科入学
1967（昭42）	原子力燃料公社が改組し、動力炉・核燃料開発事業団が設立（10月）
1969（昭44）	西村成生、動燃に入社し総務部人事課に配属 小林圭二、東海村の日本原子力研究所に出張、高速増殖炉について研究（9月から翌年8月まで）
1970（昭45）	動燃が原型炉に「もんじゅ」と命名（6月） 福井県の白木地点を建設候補地に選ぶ
1971（昭46）	トシ子、動燃に入社し管理部厚生課に配属
1972（昭47）	西村成生、トシ子と結婚（4月）
1974（昭49）	京大臨界集合体実験装置が臨界
1979（昭54）	スリーマイル島原発事故が発生（3月28日）
1981（昭56）	西村成生、東海事業所管理部労務課に（8月）
1982（昭57）	もんじゅ設置許可の公開ヒアリング（福井）、小林圭二が講師に（7月）
1983（昭58）	もんじゅ設置許可（5月）
1985（昭60）	もんじゅ訴訟、福井地裁に提起（民事訴訟と行政訴訟を同時に）（9月）

著者略歴
細見周（ほそみ　しゅう）
1963年京都生まれ。上智大学文学部卒。ジャーナリスト。主に環境問題、戦後補償問題について取材を続ける。著書に、『熊取六人組　反原発を貫く研究者たち』（岩波書店、2013年）、『されど真実は執拗なり　伊方原発訴訟を闘った弁護士・藤田一良』（岩波書店、2016年）がある。
shuhosomi5257@gmail.com

もんじゅの夢と罪
――旧動燃幹部の妻と熊取の研究者の「闘い」

二〇二一年八月二〇日　初版第一刷印刷
二〇二一年八月三〇日　初版第一刷発行

著　者　細見　周
発行者　渡辺博史
発行所　人文書院
〒六一二-八四四七
京都市伏見区竹田西内畑町九
電話〇七五・六〇三・一三四四
振替〇一〇〇〇-八-一一〇三

装　幀　上野かおる
印刷所　モリモト印刷株式会社

落丁・乱丁本は小社送料負担にてお取り替えいたします

ISBN978-4-409-24141-7 C0036

佐藤嘉幸・田口卓臣著

脱原発の哲学

四二九〇円（本体＋税10％）

福島第一原発事故から五年、ついに脱原発への決定的理論が誕生した。科学、技術、政治、経済、歴史、環境などあらゆる角度から、かつてない深度と射程で論じる巨編。小出裕章、大島堅一推薦。